KB078651

이경영 판타지 장편 소설
FANTASY FRONTIER SPIRIT

가즈 나이트 R 7

이경영 판타지 장편 소설

초판 1쇄 찍은 날 § 2011년 5월 25일
초판 1쇄 펴낸 날 § 2011년 5월 31일

지은이 § 이경영
펴낸이 § 서경석

총괄팀장 § 유경화
편집책임 § 박우진

펴낸곳 § 도서출판 청어람
등록번호 § 제1081-1-89호
등록일자 § 1999. 5. 31
어람번호 § 제1-1246호

주소 § 경기도 부천시 원미구 심곡2동 163-2 서경B/D 3F (우) 420-822
전화 § 032-656-4452 팩스 § 032-656-4453
http://www.chungeoram.com
E-mail § chungeoram@chungeoram.com

ISBN 978-89-251-2527-5 04810
ISBN 978-89-251-2296-0 (세트)

이경영 판타지 장편 소설

FANTASY FRONTIER SPIRIT

가즈나이트 R

GodsKnight R

7

CONTENTS

CHAPTER 28
복수심

나체의, 앙상한 뼈와 탄력을 잃은 가죽만을 가진 노인이 주신계에 도착했다.

노인의 흰 장발과 수염은 육체와 마찬가지로 너저분했다.

흐트러진 장발 사이로 보이는 노인의 눈은 눈앞에 드리워진 주신계의 풍경을 읽느라 분주했다.

그의 두 팔은 검은색의 굵은 수갑에 묶여 있었다.

팔 관절이 늘어나거나 이탈되지 않을까 싶을 정도로 크고 튼튼한 그 수갑은 노인의 몸속에서 피어나는 힘을 남김없이 뽑아 밖으로 배출하고 있었다.

수갑에 연결된 쇠사슬이 노인을 이끌 듯 철렁거렸다.

그 쇠사슬을 붙든 손은 크고 두꺼웠다. 손등에는 희게 탈색된 털들이 보일 듯 말 듯 자리 잡고 있었다.

그 손의 주인은 짐승처럼 장대한 체구의 노인이었다.

모습은 분명 사람이었으나 강철과도 같은 근육으로 둘러싸인 육체의 규모와 그 속에서 느껴지는 저력은 생물의 범주에서 아득히 벗어나 있었다.

안대로 한쪽 눈을 단단히 가린 그 노인은 재촉하듯 사슬을 잡아당겼다.

"제우스여."

그는 자신이 포획한 나체의 노인을 그렇게 불렀다.

"어서 가세. 자네가 받아들이기로 한 운명이 아니던가?"

"운명이라."

제우스가 히죽 웃었다.

"말은 제대로 해주게, 오딘이여."

제우스가 자신과 마주 선 노인, 오딘의 육체를 훑듯이 아래에서 위로 올렸다.

"거래겠지?"

"흠."

묵직한 콧소리를 낸 오딘은 다시 사슬을 움직였다.

"제대로 된 거래는 저기 가서 하게나. 난 심부름꾼이라서 아무것도 모르네."

"후후."

늙은 두 신이 함께 길을 걸었다. 덩치는 완전히 달랐으나 주신계의 길을 밟는 발걸음의 무게감은 비슷했다.

"아스가르드의 주신, 오딘."

제우스가 중얼거렸다.

"지식이라는 지식은 모두 얻어 가장 교활한 자가 되었다는 소문은 들었네. 하지만 이 정도일 줄은 몰랐군."

제우스는 자신의 옆에서 걷고 있는 오딘을 곁눈질로 봤다.

"대체 목적이 뭔가?"

제우스의 질문에 오딘이 그를 돌아봤다.

"난 그저 심부름꾼일 뿐이네."

고집스러움이 느껴지는 대답이었다.

"호오."

제우스는 피하지 않고 오딘의 눈을 지켜봤다.

그들에게 있어서 시간이란 무의미했다. 특히 오딘은 지금 당장에라도 절대불가침의 영역이나 마찬가지인 '과거'까지 제한적으로나마 손을 댈 수 있었다.

제우스 역시 올림포스의 주신으로서 오딘이 할 수 있는 것은 대부분 해낼 수 있었다. 할 수 없는 부분은 이론적으로나마 이해가 가능했다.

그렇게, 오딘과 잠시 시간을 보낸 제우스는 자신의 말라비틀어진 손으로 눈을 돌렸다.

"그대도 그렇지만 나 역시 그 어떤 모습이라도 갖출 수 있네. 그런 면에서 지금의 이 모습이 난 마음에 든다네. 추한 모습인 채로 당하는 창피는 꽤 견딜 만하거든. 황금 욕조에 오물이 차는 것과 흙구덩이에 오물이 차는 것이 다르듯 말이야."

"……."

"그대는 어떤 이유로 '그런 모습'을 하고 있는 것인가?"

오딘은 대답하지 않았다. 제우스는 듣지 않아도 알겠다는 듯 낮게 웃었다.

"그래, 나도 자네와 같은 생활을 할 수 있다면 좋겠네. 그러려면 우선 그 흉측한 모습에 머물고 있는 내 자손들을 팔아야겠지."

제우스는 즐거워 보였다.

"지금이 좋아. 녀석들은 자신들이 누구인지 아직 몰라. 올림포스의 찬란한 기억 속에서 몸부림치다 소멸되는 것보다 아무것도 모르는 채 소멸되는 것이 훨씬 낫지."

그들은 어느덧 주신계의 주거 구역으로 접어들었다.

천공과 땅, 건물 모두 하얗게 빛나고 있는 그곳은 수많은 주신계 천사들의 삶으로 활기가 넘쳤다. 인공 수로 속에서 파란색으로 빛나며 흐르는 물줄기도 방금 태어난 물고기들처럼 싱싱했다.

주거 구역의 한가운데에 뚫린 대로에 나체의 제우스와 그를 체포한 오딘이 들어서자 그 활기가 순식간에 빛을 잃었다.

오딘을 아는 천사들은 경외감에 몸을 숙였고 그 외의 천사들은 혐오감과 두려움을 품은 채 제우스의 모습을 지켜봤다.

두 노인들이 다시 움직였다.

"찬란함."

제우스는 입에 걸린 웃음을 떨어뜨리지 못했다.

"올림포스도 이처럼 찬란했다네. 사랑, 시기, 그리고 질투가 원동력이었지. 그것이 우리의 방식이었고 우리는 번영했네. 하지만 그 남자가 나타나면서 모든 것이 허물어졌지."

중얼거린 제우스는 수갑 밑으로 주먹을 꽉 쥐었다.

"그는 감적색의 옷을 입고 가면으로 얼굴을 감춘 자였네. 그리고 시간을 마음대로 조종했지. 기억하는 것은 그것뿐일세. 흔적을 남기지 않는 남자였거든."

무장을 한 주신계 천사들이 그들을 향해 뛰어왔다. 제우스는 그들을 지그시 바라봤다.

"누구인지 모르겠나?"

제우스가 물었다. 그는 그것이 오딘과 나눌 수 있는 개인적인 대화의 마지막임을 예견하고 있었다.

"그보다, 그가 남자인지는 어떻게 알았나?"

"전지전능한 신의 능력이지."

대답한 제우스는 자조하듯 웃었다.

* * *

감적색의 두건과 몸 전체를 가리는 같은 색 로브, 그리고 새의 형상이 격자무늬로 새겨진 가면.

휀은 투시 능력을 포함한 모든 초감각으로 그를 살펴봤지만 복장의 안쪽을 들여다볼 수는 없었다.

비숍은 심장박동, 혈액이나 체액이 흐르는 소리, 뼈와 뼈 사이에서 미세하게 들리는 소리조차 내지 않았다.

보호구를 입고 로브를 걸친 탓인지 가면과 두건으로 가려진 비숍의 머리는 어깨에 비해 작았다. 그런 모습으로 성벽 위에 걸터앉아 있으니 꼭 불길한 느낌의 새[鳥]처럼 보였다.

휀과 마주하고 있던 비숍이 키득거렸다.

"두 번째 만남이라고 말했는데 전혀 흔들리지 않는군. 과연 휀 라디언트야."

그는 휀이 만든 빛의 문장들 사이에 자신이 갇혀 있다는 사실을 망각한 듯 목소리가 매우 들떠 있었다.

일종의 즐기는 성격.

낙천적이라는 말과는 다른, 피 냄새가 나는 놀이를 추구하고 그에 즐거워하는 자.

휀은 비숍을 그런 성격의 소유자라 판단할까 하다가 일단 보류했다.

비숍은 강력했다.

대리석을 바탕으로 형태를 유지한다는 것 외엔 그 어떤 신체적 비밀도 밝혀지지 않은 네오 올림포스의 투사들 전원을 삽시간에 지배했을 뿐만 아니라 어느 순간 휀의 감지 범위 내에서 사라져 버린 능력자였다.

더불어 '찝찝함' 이라는 낯선 느낌을 휀의 머릿속에 남기기까지 했다. 그것이 불과 며칠 전의 일이었다.

휀은 그를 결코 가볍게 볼 수가 없었다.

'이번 사건의 중요한 단서가 될 녀석일지도 모르겠군.'

그는 초감각으로 스트라케의 몸 상태를 확인해 봤다.

그녀는 이제 일어나서 걸을 수 있을 정도까지 회복된 상태였다.

'부족해.'

비숍의 능력이 미지의 영역에 있는 이상 그녀라는 존재는 휀에게 있어서 불안 요소와 다를 바 없었다.

"후후, 너무 복잡하게 생각하지 마."

웅크리고 있던 비숍이 웃으며 일어났다.

"난 이 도시에 있는 아이기스를 털어가려고 왔어."

"이유는?"

"벽난로 위에 걸어두려고."

비숍의 농담이 끝나자마자 그의 주위에 있는 빛의 문장들이 한꺼번에 빛을 냈다.

비숍이 다시 키득거렸다.

"넌 항상 이런 식이지."

검은색의 칼날 무리들이 비숍 주위에 새 떼처럼 일어났다.

그 불분명한 힘의 칼날들은 휀이 구축한 문장들을 깡그리 잘라 흩어놓았다.

"그 시원스러운 성격이 참 마음에 들어."

비숍이 중얼거리며 성벽 아래로 내려왔다.

"그래서 다른 놈들과 달리 방심할 수가 없지. 하지만 나도 오늘은 그냥 봐줄 수 없어. 난 진심으로 아이기스를 가져갈

거니까.”

“건방지군.”

휀의 목소리가 비숍의 등 뒤에서 들렸다.

플렉시온의 칼끝이 비숍의 가슴 부위를 뚫고 밖으로 튀어나와 있었다.

“이봐, 나에 대한 정보를 먼저 습득해야 하잖아?”

휀은 코트 주머니에 왼손을 찌른 채 검을 더욱 깊숙이 밀어 넣었다.

“정보는 시체만으로 충분하다.”

“또 그 말인가? 고리타분한 녀석 같으니.”

비숍이 스스로 몸을 베어 끊듯 칼날을 벗어났다.

엄지를 제외한 모든 손가락의 손톱이 길게 자라 비숍의 무기로 변했다.

손톱 하나하나가 검과 같이 길고 예리했다.

“실력을 다시 좀 보도록 하지.”

비숍의 손톱이 휀의 목을 노렸다.

목으로 휘어져 들어오는 공격을 검으로 뿌리친 휀은 문장이 빛나는 왼쪽 주먹을 비숍에게 뻗었다.

그의 주먹과 비숍의 무릎이 충돌했다. 휀의 주먹에 실린 빛의 힘이 폭발하면서 바닥에 깔린 흙을 하늘로 날려 보냈다.

은색 철갑에 보호된 비숍의 부츠 끝이 휀의 머리를 노렸다.

그러나 휀은 그 공격을 그냥 가만히 바라보기만 했다.

비숍의 발차기는 그에게 닿지 않았다.

휀이 피하거나 막을 것이라 생각했던 비숍에겐 당혹스러운 순간이었다.

자세를 바꾸는 비숍의 머리 위로 휀이 날린 광황포의 빛줄기가 살기를 싣고 날아갔다.

“까다로운 놈!”

비숍이 투덜거렸다.

비숍의 손톱과 휀의 플렉시온이 마구 충돌했다. 휀은 검 한 자루로 손톱 여덟 개를 훌륭히 상대하고 있었다.

손톱으로만 공격하던 비숍이 다시 발차기를 시도했다.

큰 돌려차기였다. 게다가 발끝에는 검은색의 불꽃이 이글거렸다.

휀은 위로 뛰어올라 발차기를 피했다.

비숍의 발차기 궤적을 따라 화염의 파도가 일어났다. 시장과 민가 수십 채가 터지고 불에 타 새카맣게 변했다.

비숍으로부터 그 정도의 파괴력을 가진 공격이 나올 줄 몰랐던 스트라케는 적잖은 압박감을 받았다.

‘대체 저 녀석은 누구지?’

휀의 코트로부터 빛의 아지랑이가 올라왔다.

그에 대응하듯 비숍은 두 팔로 몸을 감싸듯 한 채 손톱들을 활짝 펴 보였다.

"넌 상대할 맛이 나."

휀의 빛과 비숍의 어두운 불길이 다시금 충돌했다.

둘은 일진일퇴의 공방을 무서운 속도로 주고받았다. 그렇지 않아도 엉망이 된 주변 건물들은 서로가 날린 공격이 계속 빗나가면서 끔찍하게 부서졌다.

스트라케까지 그 여파를 피하기 위해 물러날 정도였다.

불꽃을 발끝에 매단 비숍이 몸을 돌리면서 발을 힘차게 뻗었다.

차기에 이어 불꽃이 터지는 모습이 꼭 대포를 쏘는 것처럼 보였다.

그 복합 공격을 여유롭게 피한 휀은 비숍의 다리를 플렉시온으로 후려쳤다.

그럴 것을 예상한 듯 비숍이 다리를 귀신같이 움직여 위험에서 벗어났다.

역으로 휀의 왼쪽 무릎과 오른쪽 정강이, 그리고 복부를 순차적으로 걷어찼다.

마지막으로 가슴에 비숍의 발이 꽂혔다.

"하아!"

검은 불꽃이 폭발했다.

화염의 밑으로 휀의 다리가 보였다.

비숍의 가면이 꿈틀했다. 그는 즉각 자세를 바꾸고 머리 위로 손톱을 들었다.

어느새 비숍의 머리 위로 뛰어오른 휀의 플렉시온이 손톱과 충돌했다.

화염 밑에 있는 휀의 다리가 빛의 입자로 변해 사라지는 가운데, 무기를 맞댄 둘은 힘겨루기에 들어갔다.

"이 상황도 좋아. 누구 힘이 더 센지 궁금했다고!"

비숍이 힘을 가하자 휀이 슬슬 밀렸다.

이윽고 휀이 공중으로 튕겨져 나갔다. 손톱을 좌우로 펼친 비숍은 기회를 잡았다 판단했고 그 감정은 가면의 발광으로 드러났다.

올라가던 휀의 몸이 빛의 입자로 변했다.

위쪽을 바라보느라 정신이 없던 비숍은 옆으로 슬그머니 다가와 자신의 손목을 잡는 휀을 전혀 눈치채지 못했다.

휀은 비숍의 손목을 잡은 채 바닥에 패대기친 뒤 검으로 그의 가슴을 찔렀다.

이번에는 비숍이 화염으로 변해 사라졌다.

약간 떨어진 건물 옥상 풍향계 위에 웅크리고 나타난 비숍은 휀에게 잡혔던 손목을 털며 한숨을 쉬었다.

“질문이 있는데, 친구 별로 없지?”

순간 비숍의 고개가 휙 돌아갔다.

플렉시온에 머리를 강타당한 비숍은 풍향계 위에서 길바닥으로 떨어졌다.

“아, 좀 쉬자고!”

비숍의 그 솔직한 발언 이후 휀의 일방적인 난타가 이어졌다.

비숍은 방어 자세도 잡지 못하고 제대로 두드려 맞았다.

그러나 그를 치는 휀과 구경하는 스트라케 모두 꺼림칙함을 지우지 못했다.

검에 맞고 있는데도 불구하고 비숍은 마땅한 상처를 입지 않고 있었다.

‘맷집이……?’

휀은 왠지 적이 일부러 얻어맞고 있다는 느낌을 받았다.

시험을 하기 위해 비숍에게 바짝 붙은 휀은 왼손으로 상대의 가면을 잡았다.

손과 가면 사이에서 빛이 폭발했다.

휀의 손에서 터진 빛이 손과 가면의 틈새로 뿜어졌다.

그 빛에 맞은 땅과 성벽, 집들이 곡괭이에 맞듯 깨지고 파였다.

광황포를 밀착해서 맞았음에도 불구하고 비숍의 가면은

깨지지 않았다.

이번에는 비숍의 복부에 플렉시온이 깊게 닿았다.

플렉시온에 축적되어 있던 빛이 폭발하여 비숍을 한 차례 더 흔들었다.

몸을 움츠리는 비숍의 가면 위에 휀의 손바닥이 와 닿았다.

비숍은 손에 밀리듯 휀의 앞에 한쪽 무릎을 꿇었다.

휀은 빛이 아른거리는 왼손을 그의 가면에 댔다.

"항복할 기회를 주마."

"항복? 휀 라디언트가? 별일이군."

"너를 제거하라는 지시는 받지 않았거든."

휀은 대화를 하면서도 비숍의 몸을 주시했다. 특별한 부상이나 장비의 손상이 전혀 발견되지 않았다.

광황포는 휀에게 부여된 빛의 힘을 높은 압력으로 뿜어내어 목표를 파괴하는 기술이다. 그 위력은 같은 계열의 고위 마법을 가뿐히 넘어간다.

그 기술을 가장 위험한 장소에서 맞았음에도 불구하고 비숍은 연기조차 흘리지 않았다.

"내가 누군지, 어떤 존재인지 전혀 모르니 그런 제안을 하는 거겠지? 이런 쪽으로는 무능하군, 휀 라디언트. 그냥 날 죽일 생각으로 덤비란 말이야!"

비숍이 휀을 밀어내듯 일어나 손톱을 뻗었다. 손톱으로부터 검은색 화염이 일어났다.

휀은 뒤로 물러나면서 광황포를 한 번 더 사용했다.

그 빛이 번쩍이자마자 비숍이 왼손을 들어 화염을 방사했다.

휀의 빛과 비숍의 어두운 불길이 한참 서로를 밀어내다가 듣기 불편한 마찰음을 내며 비껴나갔다.

광황포를 멈춤과 동시에 휀은 비숍에게 돌진했다. 주인으로부터 빛을 흠뻑 전달받은 플렉시온의 칼날이 황색으로 찬란하게 빛났다.

칼날이 불길을 위아래로 가르며 날카롭게 비숍의 목숨을 노렸다.

그러나 비숍이 뿜어내는 불꽃의 압력이 강해지면서 속도가 느려졌다.

휀은 검을 뒤로 물리고 다른 방도를 찾기로 했다. 순간적으로는 그렇게 판단했으나 자신의 뒤쪽에 스트라케가 있음을 느끼고는 그 생각을 철회했다.

지금 그가 물러났다가는 비숍의 불꽃이 스트라케를 덮칠 것이 분명했다.

'계산했나?'

휀은 고집을 부리기로 했다.

플렉시온의 빛이 황색에서 청백색으로 돌변했다.

불꽃을 계속 뿜어대던 비숍은 갑자기 강해진 상대의 기세에 움찔했다.

"아, 이런."

탄성을 터뜨린 비숍은 자신의 불길을 뚫고 오는 플렉시온의 칼날을 목격했다.

휀은 그를 검으로 후려쳐 하늘로 띄웠다.

떠오른 비숍을 향해 왼손을 내민 휀의 등 뒤로 오비탈 드라이브의 발동을 나타내는 기하학적인 고리가 떠올랐다.

비숍을 향해 광황포의 빛줄기가 올라갔다.

도중에 빛의 문장이 나타나 그 빛줄기를 받아냈다. 그 빛들은 비숍 주변에 불쑥 나타난 또 다른 문장들로부터 일제히 쏟아져 나왔다.

폭발 충격이 지상을 짓눌렀다. 약한 가옥은 무너져 내렸고 유리창은 모조리 부서졌다.

눈을 돌려 비숍을 찾던 휀은 어느 가게의 문을 열고 나오는 그를 발견했다.

가게의 주인인 양 느긋하게 기지개를 켠 비숍은 어깨까지 푸는 여유를 보였다.

"잠깐 쉴 겸, 이야기나 할까?"

휀은 얼음장 같은 눈빛으로 상대를 노려봤다.

비숍이 그를 달래듯 고개를 도리도리 저었다.

"흠, 무서운 표정이군. 그럼 이렇게 하지. 꽤 민감한 사안까지 얘기해 주겠어. 거짓말 같겠지만 좀 들어보면 거짓이라고 생각하기 힘들 거야."

"말이 길군."

"아, 진정해. 피차 손해 볼 일이 없는 일이니까 안심하라고."

휀은 방금 그의 말뜻을 언뜻 이해하기 힘들었다.

그는 코트 속에 있는 교신기를 정신력으로 작동시켜 대화를 녹음하기로 했다.

"아이기스를 원하는 이유는?"

"내 공격을 가장 확실하게 막을 수 있는 무기 중에 하나거든. 혹시라도 너희가 사용할까 봐 무서워서 말이야."

"특기가 있나 보군."

"그렇지. 아마 내 특기를 듣게 되면 넌 당장 날 죽이고 싶을 거야."

그는 가게에서 갖고 나온 물건을 휀에게 보여주었다.

그것은 잎을 말아서 만든 담배였다.

"피우겠나? 억지로 금연하느라 미칠 지경이지?"

그가 담배를 던졌다.

비숍이 준 담배를 받아 입에 문 휀은 손바닥에 빛을 모아

담배에 가져갔다.

담배에 불이 붙고 타들어가는 소리가 났다.

스트라케는 그가 적을 앞두고 대체 무슨 짓을 하는 것인지 이해가 가지 않았다.

비숍을 당장 때려잡으라고 고함을 지르려 했던 그녀는 딸꾹질을 하듯 나오려던 말을 다시 삼켰다.

휀이 문 담배가 비정상적인 속도로 타들어갔다. 폐활량이 닿는 대로 들이마셔서 타버리는 것과는 그림이 달랐다. 휀은 숨을 깊게 쉬지 않고 있었다.

마치 시간이 달리 돌아가는 듯한 그 모습에 스트라케는 말을 잊었다.

담배는 휀의 손을 벗어난 뒤에야 정상적인 속도로 연소되었다.

“오비탈 드라이브의 후유증이지? 불쌍하기도 해라.”

비숍이 키득거렸다.

“어떻게 알았나?”

“내 특기 중에 또 하나가 바로 정보 수집이야. 난 네 정보뿐만 아니라 네가 모르는 신계의 정보까지 모조리 다 알고 있지.”

그가 고개를 까딱 움직였다.

“그래서 모든 사건이 이 세계에 집중된 거야. 여긴 일종의 보물 창고거든."

"렘런트를 이 세계에 불러들인 것이 네놈이로군."

"아냐. 난 네오 올림포스라는 집단을 각성시키기만 했어. 그나마 상태가 좋아 보이는 녀석들을 고르긴 한 건데, 영 그랬어. 신들은 너무 느긋한 면이 있어서, 상황이 급히 변하거나 자기 손으로 직접 처리할 일이 닥치면 무능해지더군. 좀 약하더라도 역시 현장에서 뛰는 놈들이 여러모로 다루기 좋아."

휀은 뒷부분에 공감했다.

"그런데 말이야, 변수가 생겼어. 불의 별에서 그 계집을 손에 넣으려고 우리가 갖은 노력을 다 했어. 나름대로 치밀했다고. 브리간트의 눈을 속이는 게 얼마나 힘든 줄 아나?"

그렇다면 어떻게든 속였다는 말이 된다. 창조주 급의 신마저 속이는 집단이 존재할 줄은 전혀 몰랐던 휀은 이번 일이 정말 예사롭지 않음을 깨달았다.

"막상 판을 다 짜고 보니 그 계집은 불의 별에 없더군. 떠났더라고? 황당해서 미치는 줄 알았지. 나중에 알아보니까 불의 별에서 벗어나 오딘의 곁으로 갔다더군. 우리에게 있어서는 최악의 상황이었어."

"그 '우리' 란 어떤 집단인가?"

"우리는 그냥 우리야. 조직 이름은 없어. 필요도 없고. 나중에는 이름이 지어질지도 모르지만 지금은 상관 안 해."

비숍이 다음 말을 하기에 앞서 한숨을 터뜨렸다.

"하이엘바인 때문에 가슴을 졸이고 있었는데, 아니나 다를까, 이 세계에 탁 나타나더군. 처음엔 몰랐지만 그 계집이 기적을 발휘하고 돌아다닌 덕분에 쉽게 알아차릴 수 있었어. 나는 나대로 주인님께 깨지고 조직에는 비상이 걸렸지."

그 시점에서 휀은 비숍과 그 일당이 하이엘바인을 두려워하고 있음을 알아차렸다.

더불어 하이엘바인이 선신계의 수작에 걸려 힘을 잃은 것과 비숍 일당의 움직임 사이에 뭔가 관련이 있을지도 모른다는 생각을 해봤다.

"하이엘바인님에게 얻어낼 것이라도 있었나?"

"얻어낼 건 없어. 오히려 제거해야 하는 입장이야. 그런데 함부로 손을 대지 못하고 있지. 하이엘바인은 분명 약해졌지만 상황에 따라서 우리가 모르는 힘을 발휘할 수도 있거든. 아스가르드의 최종병기가 그냥 드러눕진 않을 거 아냐?"

휀은 추측을 앞세워 질문해 보기로 했다.

"아이기스로 하이엘바인님에게 대항하겠다는 생각인가?"

"여어, 날카로운데?"

비숍의 가면 무늬가 확 달아올랐다.

"이 세상에 존재하는 어떤 방패도 하이엘바인의 궁니르를 막아낼 수는 없어. 닿는 그 순간부터 물질을 자르고 뚫기 위한 계산에 들어가거든. 마치 병균처럼 말이야."

"아이기스는?"

"아이기스는 다르지. 메두사의 머리가 제공하는 통찰력을 통해 절대 방어를 위한 수단을 꾸준히 구축하고 갱신할 수 있어. 그래서 두 무기는 상쇄가 가능해. 결국 이기는 건 궁니르 쪽이지만 우리가 하이엘바인을 쓰러뜨릴 시간을 벌기에는 딱 좋지."

모두 사실이라면 중대한 정보였다.

휀은 비숍이 그 믿을 수 없는 이야기들을 왜 과감히 던지는지 납득하기 어려웠다.

"하이엘바인님을 처리한 뒤엔?"

"그다음에는 헤라클레스를 죽이면 돼. 녀석은 그냥 힘만 센 녀석이라 좀 낫지."

비숍은 박수를 한 번 짝 치고 두 팔을 벌렸다.

"그래서, 이제부터 아이기스를 가져가겠어."

그의 주변에서 살기가 다시 일어났다.

"지금까지 내가 한 말은 모두 사실이야. 하지만 네 기억에도, 그 교신기에도 내 이야기는 남지 않을 거야."

휀은 플렉시온의 칼날을 손으로 훑은 후 비숍에게 끝을 맞췄다.

"나를 이기겠다는 말이군."

"굳이 이길 필요는 없어."

비숍이 움직였다.

휀은 플렉시온으로 그를 맞받아쳤다. 하지만 그가 벤 검은 물체는 정교하게 만들어진 가짜였다.

비숍은 그의 옆을 보란 듯이 스쳤다.

휀은 즉시 상대를 추격하려 했으나 비숍이 스트라케를 덮치는 것이 더 빨랐다.

조금이나마 힘을 회복한 스트라케는 손에 쥔 대검을 들어 저항하려 했다.

"당할까 보냐!"

그녀의 대검이 비숍의 머리를 노리고 빠르게 움직였다.

그 휘두름 자체는 완벽했다. 휀의 눈에도 군더더기가 보이지 않았다.

그것은 비숍도 알고 있었다.

비숍은 머리로, 정확히는 가면으로 검을 들이받았다. 강렬한 쇳소리와 함께 다인슬라이프의 두꺼운 칼날이 두 동강이 났다.

'검이?'

스트라케는 지금의 상황을 믿을 수가 없었다.

하나 검이 부러질 때 발생한 충격이 그녀의 팔을 다그치듯 흔들었다.

그 진동은 다인슬라이프의 파괴가 사실임을 강렬하게 증명했다.

스트라케는 즉시 검을 버리고 맨손으로 싸울 준비를 했다.

"정말 싸우려고?"

코웃음을 친 비숍의 가면 무늬가 잠깐 달아올랐다가 빛을 잃었다.

"얌전한 숙녀로 만들어주지."

비숍의 주먹이 스트라케의 복부와 옆구리, 가슴 한복판, 목, 광대뼈, 그리고 관자놀이를 순서대로 두드렸다.

그 공격을 전혀 막아내지 못한 스트라케는 입과 코에서 혈액을 쏟으며 비틀거렸다.

그녀의 뒷덜미를 비숍이 낚아챘다.

"으으윽!"

너무도 간단히 붙잡혀 버린 스트라케는 손으로 비숍의 팔목을 붙잡았다.

검은색 금속 장갑을 낀 비숍의 팔은 가늘지만 강철처럼 단단했다.

"놔라!"

그녀는 손아귀에 모든 힘을 집중해 봤다. 그러나 비숍의 팔뚝과 장갑은 꿈쩍도 하지 않았다.

'뭐야, 이 녀석?'

스트라케는 비숍과 접촉한 뒷덜미와 손을 의심했다.

그를 통해 느껴지는 비숍은 상상 이상으로 강력했고 특이했다.

무엇보다 생명력이 전혀 느껴지지 않았다.

스트라케는 휀이 서 있는 곳을 봤다. 그녀는 그가 그냥 서 있는 모습을 눈뜨고 볼 수가 없었다.

'이대로는……!'

오래전, 로키에게 사로잡히면서 하이엘바인을 곤란하게 했던 기억이 그녀를 괴롭혔다.

비숍이 자신을 죽이지 않고 사로잡은 이유가 궁금하긴 했다.

하지만 단독으로 이 상황을 벗어나는 것이 불가능하다고 판단한 스트라케는 최후의 수단을 선택하기로 했다.

그녀의 몸이 주황색 빛을 냈다. 눈동자도 은색으로 찬란하게 빛났다.

"휀 라디언트!"

그녀가 휀의 이름을 불렀다.

"하이엘바인님을, 클라라를 부탁한다!"

"어, 자살하시겠다고?"

비웃음을 터뜨린 비숍은 옆에 떨어져 있는 병사의 검을 빨아들이듯 불러들여 손에 쥐었다.

"심정은 이해해."

비숍의 칼끝이 스트라케의 오금을 꿰뚫고 무릎 밖으로 나왔다.

"으!"

격통에 눈을 부릅뜬 스트라케는 놀라듯 짧은 비명을 질렀다.

그 때문에 집중력이 흐트러지면서 몸의 빛도, 눈동자의 은색 광채도 한순간에 사라져 버렸다.

"하지만 넌 조금 있다가 죽어야 해."

비숍의 모습이 스트라케와 함께 사라졌다.

갑자기 사라진 그들의 자리는 플렉시온을 휘두르는 휀의 모습이 대신 자리 잡았다.

오비탈 드라이브를 사용하고 있는 상황인데도 불구하고 비숍을 놓친 휀은 느낌을 좇아 눈을 돌렸다.

비숍은 아까 그가 앉아 있던 성벽으로부터 조금 옆쪽에 서 있었다.

휀이 자신을 보자 비숍은 손에 쥔 스트라케를 인형처럼 흔들어 인사를 대신했다.

"여어, 발키리에 대해서 얼마나 알고 있지?"

휀은 대답이 없었다. 단지 비숍이 자신의 공격을 간단히 피하거나 무력화시킨 이유와 스트라케를 구출할 방법만을 생각할 뿐이었다.

"발키리는 전원이 여성으로 구성된 특수한 군대야. 오딘이 직접 만들었지. 각자의 전투력은 상당한 수준이고 전술훈련도 아주 잘되어서 라그나로크 당시에는 상당한 전과를 거뒀어. 재미있는 부분은 여기서부터야. 그 전과의 대부분이 절망적인 전세를 뒤집은 역전승이라는 사실이지."

다리에 박힌 검과 그 검을 통해 들어오는 이상한 힘 때문에 정신이 없던 스트라케는 그 부분에서 눈을 번쩍 떴다.

"어떻게 그 사실을 안단 말이냐!"

"아, 좀 조용히 해봐."

비숍은 스트라케를 찌른 검을 조금 비틀어 통증의 강도를 높였다.

"크아아악!"

스트라케가 결국 참지 못하고 비명을 질렀다.

그것으로 그녀의 참견을 막은 비숍은 이야기를 계속했다.

"발키리들은 대부분 아스가르드의 군대가 전멸하기 직전에 투입됐어. 죽음이 풍족하게 깔린 전장이야말로 그녀들의 힘을 완전히 이끌어낼 수 있는 장소거든."

비숍의 가면 무늬가 붉게 달아올랐다.

"이 아가씨들은 말이지, 일종의 폭탄이야."

뒤이어 키득거림이 조그맣게 들렸다.

스트라케가 이를 악물었다. 그것은 통증 때문이 아니었다.

바로 가책이었다.

"발키리들은 처음부터 라그나로크 전쟁을 상정하고 개조된 집단이야. 오딘은 자신들이 머릿수에서 압도적으로 밀릴 것을 알고 있었지. 그래서 이 아가씨들의 몸에 죽음의 기운을 빨아들일 수 있는 힘을 심어놨어. 생명체가 죽는 순간에 발생하는 현상은 못해도 수천 가지 이상이야. 영혼을 저승으로 당연하게 인도하는 구조를 유지하기 위한 힘부터가 공짜는 아니거든."

스트라케의 목을 붙잡은 비숍의 손에서 검은색의 힘이 불길처럼 일어났다.

"발키리는 그 죽음의 기운을 흡수하여 옮길 수 있지. 처음에는 용맹한 전사들의 영혼을 발할라로 인도하는 능력이라고 인식됐지만 그건 분위기 좋을 때의 이야기일 뿐이야. 어느 한도 이상 죽음의 기운을 몸에 쌓은 발키리들은 결국 자체적으로 힘을 견디지 못하고 폭탄으로 변하게 되지.”

비숍의 손에서 일어난 검은색 불길이 스트라케의 몸으로 차츰 흡수되었다.

“리오라는 녀석이 사용하는 기술 중에 데이브레이크라고 있을 거야. 그 능력은 발키리들의 자폭 능력의 강화 복사판이지. 흡수, 변환, 폭발. 똑같다고. 후후, 재밌지?”

휀은 비숍의 힘에 침범당하여 검게 변하는 스트라케를 보고 오디세우스의 경우를 떠올렸다.

‘복합 주술.’

그러나 스트라케는 오디세우스의 경우와 차이가 있었다.

바로 자신의 의식을 똑바로 유지하고 있다는 점이었다.

휀은 예상을 해봤다.

‘의식만은 남겨놔야 할 이유가 있는 것인가?’

그는 조금이나마 시간을 끌어보기로 했다.

“아이기스를 꺼내가기 위해 저 성과 이 도시를 날려 버리겠다는 말인가?”

그가 묻자 비숍이 크게 고개를 끄덕거렸다.

“바로 그거야. 역시 날 이해해 주는군.”

“네 무능력함을 알았을 뿐이지.”

비숍의 가면 속에서 흘러나오는 키득거림이 뚝 끊겼다.

"아이기스를 보호하기 위한 지하 구조는 구식에다가 단순하다. 그런데 너는 그것조차 돌파하지 못하여 도시 전체를 날리려 하고 있지. 그에 어울리는 말은 무능력함뿐이다."

"녀석……!"

비숍의 가면 무늬가 그냥 빛만 내는 것도 모자라 화로에서 달궈진 쇠처럼 열을 뿜어냈다.

이윽고, 한숨 소리와 함께 비숍의 가면이 다시 식었다.

"내 입장이라는 것이 좀 그래. 무능력이라면 무능력이지."

비숍은 넋두리하듯 휀의 말을 받아넘겼다.

"괜히 시간 끌려고 하지 마. 그럼 시작해 볼까?"

"웃기지 마라!"

스트라케가 다시 저항했다. 육체의 제어는 이미 비숍에게 넘어간 상황이었지만 왠지 목소리만은 자유롭게 낼 수 있었다.

"오늘 죽은 병사들의 시체만으로 네가 원하는 폭발을 일으킬 수 있다고 생각하나? 그렇다면 착각이다!"

"물론 그냥은 안 된다는 걸 알아. 그래서 두 가지를 더 준비했지."

그가 손가락을 튕겼다.

비숍의 힘을 빌려 숨어 있던 세이렌의 모습이 단번에 드러났다.

그녀는 숨어 있는 시간 내내 피리를 불고 있었다.

비숍의 도움이 사라진 지금도 흔들림없이 피리를 계속 불었다.

휀조차 여태껏 감지하지 못했던 세이렌의 피리 소리가 도시 전체에 일제히 공명했다.

"이 아가씨의 피리 소리가 군인에게만 통하고 민간인들에게 통하지 않는 것은 좀 이상하겠지?"

휀이 눈을 부릅떴다. 스트라케도 마찬가지였다.

"귀머거리들에게는 지금 이 순간이 가장 행복할 거야."

비숍이 다시 키득거렸다.

휀과 스트라케의 초감각 속에서 뭔가 터지고 흘러내리는 소리들이 들려왔다.

정육점에서나 들릴 법한 소리만이 도시의 길을 따라 퍼질 뿐, 인간의 비명 소리는 들리지 않았다.

비숍은 고개를 끄덕끄덕 하며 스트라케를 횃불처럼 들어 올렸다.

"그럼 추수를 해볼까?"

도시 전체에서, 클라라가 보호하는 스타인 저택을 제외한 모든 장소에서 붉은색을 띤 죽음의 기운이 피에 염색된 민들

레 씨앗들처럼 일제히 올라왔다.

"이 도시의 인구는 현재 10만 명 정도? 예전에 왔을 때는 약 30만 명이었는데, 분위기가 뒤숭숭해지면서 많이 줄었지. 하지만 그나마도 내가 원하는 수치의 절반에 못 미쳐."

10만이 조금 넘는 죽음의 기운들이 스트라케를 향해 날아왔다.

휀에게는 더 이상 생각할 겨를이 없었다.

그는 이성이 흔들리지 않는 한도 내에서 분노하고 있었다.

이렇게까지 철저히 농락당한 것은 그의 기억에서도 처음 있는 일이었다.

한편으로는 도시 전체를 공명시킬 정도로 강력한 소리를 완벽하게 숨긴 비숍의 능력에 진심으로 놀랐다.

'시작과 과정, 작용, 결과를 마음대로 감출 수 있단 말인가?'

휀은 그런 것을 본 적이 없었다. 신조차도 최소한의 실마리 정도는 남길 수밖에 없는 것이 바로 세계에 적용되는 규칙이었다.

발키리의 '폭발'이 얼마나 강력한지 전혀 모르는 휀은 모든 것을 제쳐놓고 스트라케부터 처리하기로 했다.

그에게 있어서 처리라는 것은 곧 제거나 다름없었다.

휀은 비숍에게 아이기스가 넘어가는 것이 렘런트나 네오 올림포스가 가져가는 것보다 훨씬 더 안 좋은 경우일지 모른다고 판단했다.

스트라케를 간단히 제압하고 자신의 공격까지 쉽게 피한 비숍이 왜 아이기스에 도달하는 길을 뚫지 못하는지는 궁금하기도 했다.

하나 지금은 그런 것을 생각할 여유가 없었다.

인질에서 최대의 문제가 된 스트라케를 처리하는 것이 우선이었다.

비록 스트라케를 들고 있긴 했지만 비숍의 가면은 휀이 있는 방향으로 정확히 맞춰져 있었다.

비숍은 휀이 자신보다 스트라케를 먼저 노리고 들어올 것이라 생각했다.

'오비탈 드라이브를 이용해서 가장 확실한 공격을 하겠지.'

생각하는 비숍의 눈앞에서 플렉시온이 움직였다.

'어라?'

움찔한 비숍은 고개를 스트라케 쪽으로 돌렸다.

'시공간 왜곡!'

그녀의 머리는 이미 플렉시온의 칼날에 의해 육체로부터 떨어져 하늘로 솟아오르고 있었다.

검의 끝이 비숍의 턱 아래를 찌르듯 다가왔다.

"다음은 너다."

"음, 그렇게 나오겠다 이거지?"

비숍이 품에서 회중시계를 꺼냈다.

그는 플렉시온이 자신의 몸에 닿기 직전, 시계 옆에 달린 큼지막한 버튼을 눌렀다.

비숍의 옆에 있던 휀이 돌연 검을 물리더니 옆으로 휘둘렀다.

휀 자신의 의지와는 전혀 관계없는 동작이었다.

공중에 떠올랐던 스트라케의 머리가 다시 돌아와 원래의 자리에 달라붙었다. 휀 역시 뛰어오르려던 자리로 돌아갔다.

몇 초 전의 상황이 그대로 재현되고 있었다.

비숍이 혀를 찼다.

"어떻게 들어올지는 알았으니 됐지만 이거 정말 겁나는군. 녀석이 이 계집이 아니라 날 노렸으면 완전히 끝나는 상황이었잖아?"

비숍은 스트라케의 목을 치는 휀을 전혀 느끼지 못했다. 오비탈 드라이브를 이용한 시공간 왜곡은 그만큼 절대적인 능력이었다.

"이번 일이 끝나면 대책을 좀 세워야겠어."

그는 시계의 버튼을 누른 뒤 품속으로 되돌렸다.

그리고 정지해 있던 시간이 흘러갔다.

비숍의 눈앞에서 플렉시온이 다시 움직였다. 비숍은 대비한 대로 스트라케를 붙든 팔을 내렸고 플렉시온의 칼날은 스트라케의 머리카락을 스쳐 지나갔다.

휀은 비숍이 감각적으로 느끼고 그렇게 행동한 것이 아님을 알고 있었다.

'읽었단 말인가?'

틀림없이 들어갈 것이라 생각했던 공격이 빗나가면서 생긴 빈틈은 아주 컸다.

길게 늘어난 비숍의 손톱은 그 틈을 놓치지 않고 용서없이 휀의 등판을 찔렀다.

등과 복부를 관통당한 휀은 육체 전체를 파괴할 만큼 큰 에너지와 싸워야만 했다.

비숍은 힘을 잔뜩 불어넣은 손톱들을 남긴 채 스트라케와 함께 공중으로 떠올랐다.

"공기 좋군."

이제 비숍을 막을 수 있는 존재는 없었다. 클라라는 스타인 저택을 지키느라 정신이 없었다.

스트라케가 어떻게 되고 휀이 어찌 됐는지 그녀는 전혀 알지 못했다.

공작의 성이 내려다보이는 상공에 도착한 비숍은 트로피를 들 듯 스트라케를 들었다.

"시작이다!"

죽음의 기운들이 스트라케에게 집중되었다. 애초에 기운을 흡수하는 능력부터 비숍에게 장악당한 스트라케는 그것을 막을 수가 없었다.

10만의 죽음을 모두 흡수한 스트라케의 몸이 작열하듯 빛을 냈다.

'하이엘바인님!'

저주와도 같은 늑대의 모습에서 완전히 벗어났을 때, 그녀는 그 누구의 도움도 받지 않고 하이엘바인의 손을 잡을 수 있게 되었다는 사실에 기뻐했다.

그녀는 하이엘바인의 손이 항상 부러웠다.

자신의 손은 검을 다루면 다룰수록 짐승의 가죽처럼 단단해졌지만 하이엘바인은 그렇지 않았다. 전쟁으로 더러워져도 물로 한 번 씻기만 하면 갓 태어난 아기의 것과 같은 부드러움이 되살아났다.

질투한 적도 있었다.

그러나 그 마음은 하이엘바인이 혼자서 니블헤임에 쳐들어와 자신을 구해줄 때 완전히 사라졌다.

스트라케는 분했지만 한편으로는 이상했다.

그녀는 휀, 하이엘바인과 함께 아이기스가 있는 장소에 가본 일이 있었다.

10만 명의 죽음은 분명 강력한 폭발력을 가지지만 그 깊은 장소까지 지면을 깎을 만큼의 파괴력을 내기에는 한참 부족했다.

"이상하지?"

비숍이 웃었다.

"넌 비록 절망하고 있지만 현재 네 감정 상태는 지극히 안정적이야. 너도 발키리였고 그중에서도 지휘관 급이었으니 잘 기억하겠지? 자폭을 강요당한 네 부하들이 대충 어떻게 죽어갔는지 말이야."

"강요한 적은 없다!"

그녀가 딱 잘라 외쳤다.

비숍은 검지로 자신의 가면 이마 부위를 툭툭 두드렸다.

"강요한 기억이 없겠지."

"뭐라고?"

"넌 네가 어떻게 유적과 관련이 됐는지 기억하고 있나? 못하잖아? 그거랑 똑같아."

스트라케는 지금 자신이 들은 이야기를 어떻게 받아들여야 할지 몰랐다.

자신의 정신이, 그리고 자신의 기억이 혼탁한 구정물 속에 섞여 회오리치는 것 같아 구역질이 났다.

그러나 한바탕 시원하게 속에 있는 것을 쏟아내고 싶어도 그럴 수가 없었다. 비숍은 그녀의 모든 것을 지배하고 있었다.

"이제부터 각오해."

비숍은 스트라케의 감각에 대한 지배를 더욱 강화했다.

"너희들의 폭발 능력은 감정이 불안해지면 불안해질수록 강력해지지. 직접 해부해 보고 계측한 것이니 믿어도 돼."

"이 자식! 으아아악!"

스트라케는 격분하자마자 엄청난 고통을 느꼈다.

비숍은 그녀를 갖고 놀며 그녀의 귓가에 가면을 갖다 댔다.

"너, 로키에게 고문당한 적이 있지?"

"뭐?"

"하필이면 그런 녀석에게 고문을 당하다니, 정말 불쌍하군. 어쨌거나 난 이제부터 네 기억에서 그 고문의 기억을 끄집어내고 그때의 고통을 되살려 줄 거야."

비숍의 손에서부터 시작된 힘의 파동이 스트라케의 뇌를 훑듯이 지나갔다.

"자, 비명을 질러봐라!"

비숍의 고함이 공작의 성까지 내려와 큰 울림을 남겼다.

내장이 뜯겨 나가는 고통을 참으며 날카로운 비숍의 손톱을 모두 뽑아낸 휀은 비숍과 스트라케가 있는 공작의 성 위를 봤다.

하늘은 수십만의 죽음이 자아낸 적막감으로 가득할 뿐, 아무렇지도 않았다.

스트라케는 퀭한 눈으로 그 고요한 하늘을 바라봤다.

반면 비숍은 스트라케를 쥔 손을 부르르 떨며 분노하고 있었다.

'고문을 받은 기억이…… 없다고?'

그의 가면에 박힌 무늬들이 시뻘겋게 달아올랐다.

'이 계집은 고문을 받은 일이 없어! 고문받았다는 기억이 덧씌워진 거야!'

비숍은 홧김에 스트라케를 집어 던졌다.

그녀가 꿰뚫고 들어간 성의 첨탑이 우르르 무너져 내렸다.

"이놈, 로키! 크아아아아악!"

비숍은 격노했다.

고함을 지르는 와중에도 그는 품에서 회중시계를 꺼내 그 버튼을 누르는 것을 잊지 않았다.

세상 그 모든 것이 비숍과 시계를 중심으로 뒷걸음질쳤다.

비숍에 의해 정신이 완전히 와해됐던 스트라케는 그녀의 손에 죽은 병사들의 추파를 받으며 시장을 걸었다.

시민들은 각자의 생활과 인생을 이어나갔다.

그리고 휀은 체스를 다시 두자는 클라라의 발버둥 속에 차를 마셨다.

사건이 일어나기 전의 광경이었다.

비숍은 세이렌과 함께 모습을 감춘 채 성벽 위에 앉아 있었다.

비장한 표정의 세이렌이 피리에 입술을 댔다.

"그럼 시작하겠습니다, 비숍님."

"하아, 됐소."

비숍이 벌떡 일어났다.

"예? 됐다니요?"

"때려치웁시다. 아무래도 안 될 것 같소."

돕겠다는 그의 말만 믿고 여기까지 왔던 세이렌은 크게 당황했다.

"무슨 말씀이십니까? 비숍님, 저는 오디세우스님의 원수를 갚아야 합니다!"

세이렌의 상체가 그녀의 발 뒤쪽에 떨어졌다.

상체를 잃고 허전해진 몸을 지탱하던 그녀의 두 다리가 곧이어 쓰러졌다.

세이렌의 시체는 대리석 가루로 변해 모습을 잃었다.

길게 늘였던 손톱을 한 번 털어낸 뒤 다시 원래의 길이로 되돌린 비숍은 도시 바깥쪽으로 훌쩍 날아갔다.

"로키, 로키! 감히 그 파란 혀로 날 바보 취급했겠다!"

그의 가면이 뜨거워졌다.

"죽여주마, 교활한 녀석!"

그가 급가속하자 대기가 흔들렸다.

그 힘은 휀이 들고 있는 찻잔의 물도 미약하게 진동시켰다.

휀의 눈썹이 한쪽만 까딱 움직였다.

그는 찻잔을 내려놓은 뒤 손으로 자신의 복부를 눌러봤다.

오디세우스와 싸울 때 느꼈던 이질감이 통증에 가까울 정도로 강하게 느껴졌다.

'뭔가 있었나?'

그는 옆에서 발버둥 치는 클라라에게 눈을 돌렸다.

"클라라님."

"전투?"

"잠시 실례를."

그는 클라라를 붙잡고는 인형처럼 들어 이곳저곳을 살펴봤다.

클라라는 너무 놀란 나머지 저항도 못하고 수동적으로 움직였다.

하지만 그 고요함은 휀이 치마 속까지 들여다보자 결국 폭발하고 말았다.

“전투! 전투!”

당황한 클라라는 두 손으로 치마를 누른 채 격렬하게 저항했다.

치마 속은 강철의 관절만 존재하는 단순한 구조였기에 속옷조차 필요없었다.

하지만 클라라가 느낀 수치심은 본래의 모습일 때 느낄 수준 이상으로 강렬했다.

“협조에 감사드립니다.”

휀은 클라라를 다시 내려놓았다.

그 뻔뻔함에 클라라가 분노하는 한편, 휀은 방금 클라라를 살펴본 결과에 대해 생각해 봤다.

‘시공간의 축이 뒤틀린 흔적은 없군.’

그가 비난을 받을 각오를 하고 클라라를 살펴본 이유는 그녀의 몸이 금속이기 때문이었다.

살펴본 결과 별 이상은 없었다. 휀은 다시 배를 눌러봤다.

통증에 그의 표정이 살짝 일그러지자 그의 정강이를 마구 걷어차던 클라라가 동작을 우뚝 멈췄다.

'하지만 이 이질감은 그냥 넘길 것이 아니야. 두 번이나 이렇다는 것은 나에게 문제가 있거나 똑같은 일이 두 번 발생했다는 뜻이겠지.'

그는 조금씩 잦아드는 통증을 참으며 생각했다.

'나에게도 도움이 필요하단 말인가?'

스스로에게 질문을 해본 휀은 고개를 저은 뒤 찻잔을 다시 들었다.

* * *

비숍은 니블헤임을 보호하는 회오리바람을 앞에 두고 있었다.

새벽부터 짙게 깔려 있던 안개가 햇볕과 함께 점차 잦아들었다.

그는 어제 오후에 그곳에 도착하여 선 채로 하룻밤을 보냈다.

한층 더 늘어난 니블헤임의 경비병들과 몇 번 마주치긴 했지만 휀도 알아차리지 못할 만큼 은신에 뛰어난 그를 경비병들이 발견할 리가 없었다.

하지만 동이 틀 무렵 마주친 경비병들은 가죽을 벗기고 참

살했다.

그 시체가 비숍의 앞에 진열되어 있었다.

비숍은 회오리바람의 모양을 한 단층을 보며 생각했다.

'로키를 이번 일에 끌어들이려고 한 것부터가 실수였을지도 몰라.'

어제에 비해 그의 심리 상태는 상당히 안정되어 있었다.

그는 길게 늘인 손톱으로 앞에 놓인 바위를 슬슬 긁었다.

'녀석 덕분에 하이엘바인을 무력화시킨 것까진 좋았지. 그 괴물에게 적용되는 시간대는 아스가르드의 시간대라 하이볼크의 시간을 조작하는 내 재주는 안 통하거든.'

그의 손톱에 긁혀 내려가는 돌가루의 양이 점차 많아졌다. 그는 신경질적으로 돌을 긁고 있었다.

'하지만 지금은 그것조차 이상해. 뭔가 꿍꿍이가 있어서 하이엘바인을 추락시켰다는 느낌이야.'

손톱에 찔린 바위가 큰 소리와 함께 쪼개졌다.

'생각해 보니 선신계 녀석들이 그 계집을 건든 이후 내가 직접 그 계집의 일에 관여한 적이 없잖아? 실제로는 그 계집이 제일 골치 아픈 상대인데 말이야.'

그의 가면이 다시 발광했다.

'분명 뭔가 있어!'

잠시 후, 20여 명의 요르마크 부족 보병들이 비숍 근처로 다가왔다.

도마뱀 인간처럼 생긴 그 부족은 니블헤임의 병력 대부분을 책임진다.

그 때문에 니블헤임 내에서의 계급은 꽤 높지만 그저 놀고먹기만 하는 로키의 귀족들에게는 하인 이하로 취급받았다.

요르마크 부족 특유의 충실함 덕분에 큰 사건이 벌어진 적은 없었다. 하지만 최근에는 얘기가 달랐다.

귀족들은 요르마크의 불만과 분노가 전에 없이 강해지고 있음을 체감하고 있었다.

하지만 로키는 아무런 조치도 취하지 않았다. 귀족들의 불만이 강해지는 가운데, 요르마크 부족은 더욱 충실하게 자신들의 임무를 다했다.

지금 도착한 보병들도 그 충실한 자들에 속했다.

그들은 키가 작은 수풀 위로 널브러진 동족들의 시신을 보고 불쾌감을 드러냈다.

지휘관은 우선 그들의 시신을 살피기 전에 부족의 전통대로 두 손을 모으고 짧은 기도문을 읊었다.

"피부 가죽을 벗긴 뒤에 죽였군. 대체 어떤 녀석이지? 또 몇 놈이 저지른 짓이란 말인가?"

지휘관이 분노했다.

곁에서 함께 시신을 살피던 병사가 그를 올려다봤다.

"아무래도 중앙에 보고하는 것이 좋겠습니다. 단순한 방법으로 죽은 게 아닙니다."

"통신을 시도해야겠군. 혹시라도 적이 숨어 있을지 모르니 전원 방패를 들고 대형을 갖춰라."

"분부대로!"

요르마크 보병들이 움직였다.

경험이 없는 보병들은 선임병사의 지시에 따라 조용히 방패를 들고 대형을 바꿨다.

지휘관은 등에 매고 있는 묵직한 창을 땅에 꽂았다. 창의 표면이 갈라져 올라가면서 그 조각들이 나뭇가지 모양으로 퍼졌다.

그것은 형태만 창일 뿐, 니블헤임을 지키는 회오리바람을 이겨낼 수 있는 유일한 통신기였다.

지휘관의 눈빛은 긴장되어 있었다.

인간과 달리 안면의 근육이 발달하지 않은 요르마크 부족은 다양한 표정을 지을 수가 없었다. 대신 감정에 따라 눈빛이 확연하게 달라졌다.

"오늘따라 연결이 쉽지 않군."

중얼거린 지휘관의 몸이 위로 덜컥 올라갔다.

등판을 뚫고 비숍의 손톱이 검지부터 차례차례 빠져나

왔다.

"대충 되긴 한 거지?"

비숍이 물었다.

이미 사망한 지휘관은 말이 없었다.

"대장님!"

병사들이 일제히 그쪽을 돌아봤다.

죽은 지휘관을 옆으로 던진 비숍은 손톱으로 작은 돌멩이를 찍어 들었다.

"조용히 해주겠어? 난 지금 상당히 화가 나 있다고."

그가 돌멩이를 던진 뒤 손톱으로 후려쳤다.

쪼개진 돌의 파편 수백 개가 부채꼴로 퍼지며 병사들을 덮쳤다.

돌조각들은 흉기가 되어 병사들의 갑옷을 찢고 가죽과 뼈를 부쉈다.

비숍에게 가장 가까웠던 병사는 아예 그 형체가 사라졌다.

20여 명의 병사가 순식간에 죽어 누웠다. 비숍은 돌아서서 통신기를 이리저리 조작했다.

"도마뱀들이 쓰기엔 너무 고급 제품 아닌가?"

이윽고, 통신기에서 요르마크 부족의 목소리가 들렸다.

—경비대? 대체 무슨 일인가? 보고할 일이 있으면 어서 말

하라!

비숍이 통신기를 쥐었다.

"니블헤임의 인구를 약 10만 명 정도 줄이려고 왔어. 원래 다른 곳에서 그 정도를 죽이려고 하다가 못했거든."

―뭐라고? 누구냐!

"난 동쪽에 있고 1시간 뒤에 그쪽 단층을 통과할 예정이야. 어서 너희 우두머리에게 보고하고 군대를 꾸려봐. 얼굴에 가면을 쓴 녀석이라고 하면 대충 알아들을 거야."

―이봐! 넌……!

할 얘기를 다 한 비숍은 통신기를 꺾어 무용지물로 만들었다.

그는 로브 안에서 회중시계를 꺼냈다. 뒤이어 버튼을 짧게 눌렀다 떼었다.

그의 머리 위에서 천천히 이동하던 구름이 어느새 서쪽 하늘 끝으로 가 있었다.

"1시간."

중얼거린 비숍은 시계를 든 채 회오리바람을 향해 걸어갔다.

"이런 단층을 내가 극복하지 못할 거라 생각했나?"

그가 시계의 버튼을 압박했다.

맹렬하게 돌던 회오리바람이 멈췄다. 회오리바람뿐만 아

니라 세계 전체의 시간이 정지하여 아무것도 움직이지 않았다.

정지한 회오리바람을 유유히 빠져나간 비숍은 시계를 쥔 손을 풀었다.

다시 움직이는 회오리바람을 뒤로한 채, 살상의 충동으로 자신의 모든 것을 물들인 그 가면의 남자는 니블헤임 앞에 진을 치고 있는 요르마크 부족 병사 수천 명의 모습을 감상했다.

"단층의 안쪽은 주신계에서도 감시할 수 없는 영역이지. 하이볼크가 왜 너에게 그런 자유를 줬는지 모르겠지만 지금은 좋아."

검은색의 불길이 그의 손톱으로부터 부글부글 끓어올랐다.

"덕분에 이렇게 대놓고 싸울 수 있게 됐거든."

1시간 뒤에 침입자가 들어올 것이라는 말만 듣고 밖으로 나왔던 요르마크 병사들은 따분한 눈빛으로 시간을 죽이고 있었다.

도시를 지키는 단층은 여태껏 하이엘바인을 제외하고는 침입을 허락한 적이 없었다.

그렇기 때문에 병사들의 정신 상태는 느슨할 수밖에 없었다.

그들 사이에 감적색이 얼핏 섞였다.

병사들은 뜬금없이 자신들 한가운데에 나타난 가면의 사내를 보고 움찔했다.

네 줄의 검은색 충격파가 요르마크의 보병 부대 한가운데를 가로질렀다.

몸이 조각난 자, 검은색 불길에 휩싸인 자들의 시체가 그 충격파 주변에 무차별로 쌓였다.

당황한 병사들이 지휘 체계를 무시하고 혼잡하게 뛰어다녔다.

지휘관들은 고함을 지르고 뿔피리를 불어댔지만 소용없었다.

다시금 충격파가 병사들을 휘감았다.

아까와 마찬가지로 조각나고 불에 탄 병사들이 바닥을 굴러다녔다.

조금 떨어진 곳에서 대기하고 있던 기병대와 다른 보병대들이 정신을 차리고 비솝에게 달려왔다.

비솝은 옆에서 굴러다니는 요르마크 병사의 턱 조각을 손톱으로 건드렸다.

그는 손톱을 이용해 병사의 뾰족하고 날카로운 이빨들을 하나씩 뽑으며 자신이 포위당할 때까지 기다렸다.

보병, 궁병, 기병들이 비솝을 한가운데에 둔 채 둥근 원을 만들었다.

"주민 10만을 내 손으로 직접 죽이는 건 좀 심심하지."

그가 두 손을 좌우로 펼쳤다.

그의 장갑 사이에서 검은색의 액체들이 진득하게 흘러나와 그가 서 있는 땅을 적셨다.

그 액체는 렘런트의 육체보다 조금 묽을 뿐, 색깔과 냄새, 성질이 대체적으로 비슷했다.

"이 군대, 고맙게 사용해 주마."

그의 밑에 펴져 있는 액체가 갑자기 넓어져서는 요르마크 병사들의 발밑을 모두 적셨다.

바다생물이 빨판을 닫듯, 멀리서도 보일 만큼 넓게 퍼진 액체들이 순식간에 줄어들었다.

비숍을 포위하고 있던 병사들이 모조리 사라졌다.

그들의 발밑에 수수께끼의 액체를 풀어놨던 비숍은 그저 뭔가를 씹듯 손을 폈다 쥐었다 할 뿐이었다.

"어딜 얼마나 쓸어야 10만을 채울 수 있을까?"

키득거린 그가 건들건들 니블헤임을 향해 걸어갔다.

니블헤임의 묵직한 동쪽 철문이 좌우로 열렸다.

그 틈새로부터 에인헤랴르들의 시신으로 만든 군대가 괴성을 지르며 쏟아져 나왔다.

비숍은 장비를 든든하게 갖춘 그 아스가르드의 잔재를 보며 코웃음을 쳤다.

"나랑 정말 해보자는 거지?"

그가 오른손의 손톱을 길게 늘인 후 옆으로 크게 휘저었다.

네 줄의 반투명한 충격파가 에인헤랴르들을 자른 뒤 철문에 꽂혔다.

충격파에 맞은 철문은 외벽이 조금 깎이는 피해만 입었을 뿐, 아무 문제도 없었다.

그리고 에인헤랴르들은 문의 틈새에서 끊임없이 쏟아져 나왔다.

"이 녀석들로 10만을 채울 생각인가? 나랑 농담해?"

비숍이 그에 맞서 돌격했다.

그의 손톱에서 비롯된 충격파들은 폭포처럼, 또는 해일처럼 옛 아스가르드의 전사들과 니블헤임의 철문을 무차별로 두드렸다.

전사들은 도저히 이길 수 없는 그 상대에 맞서 계속 전진했다.

하지만 비숍과 그들을 조작하는 요르마크 부족 모두 그들에게 신경 쓰지 않았다.

에인헤랴르들이 모두 쓰러진 뒤, 비숍은 오른쪽 손톱을 세 배 정도 더 길게 하여 아직도 버티고 있는 철문 쪽에 그 방향을 맞췄다.

“저 정도는 날아서 넘어가도 되는데 말이지.”

즐겁게 중얼거린 그는 아래에서 위로 손톱을 긁어 올렸다.

도중에 일어난 검은색의 불길이 충격파에 섞여 땅을 타고 달려갔다.

해일 같으면서도 그보다 사납게 치솟아올라 간 충격파가 철문을 때렸다.

철문에 꽂힌 충격의 여력이 니블헤임의 원형 외벽을 따라 둥글게 퍼지며 겉에 쌓인 먼지들을 털어주었다.

비숍은 잘려 쓰러진 채 검게 불타는 정문을 보며 일어나 손톱을 원래대로 되돌렸다.

“그래도 이 정도는 해줘야 하지 않겠어? 공포 분위기 조성하러 온 건데 제대로 해야지.”

그는 부서진 문을 지나 민간인 주거지로 들어갔다. 도중에 요르마크 부족 병사들이 그에게 달려들었지만 허무하게 쓰러질 뿐이었다.

온갖 수인족과 인간 등으로 떠들썩했던 주거지는 대피 명령으로 인해 적막이 감돌았다.

아직 거둬지지 않은 가게의 간판과 바닥에 널브러진 광고지들이 도로를 차지하고 있었다.

비숍의 오른손 장갑 틈새에서 검은색 액체가 다시 흘러나왔다.

"가서 잘 놀아보라고."

액체가 그의 몸집을 의심케 할 기세로 뿜어졌다.

도로에 잔뜩 쏟아져 연못처럼 고인 그 액체로부터 말을 탄 요르마크의 기병 한 명이 뛰어나왔다.

눈빛은 하얀색으로 빛났고 코와 입에서는 숨소리 대신 희고 차가운 숨결이 나왔다.

그는 살아 있지 않았다. 한 번 죽었다가 주술에 의해 억지로 움직이는 언데드였다.

그 기병을 시작으로 아까 사라졌던 요르마크의 병사들이 액체로부터 밀려 나왔다. 수천의 언데드 기병과 보병, 궁병들이 내지르는 비명 소리가 거리의 고요함을 잔인하게 찢어놓았다.

비숍의 기병과 보병들이 거리를 달리며 건물 안에 숨어 있던 민간인들을 공격했다.

어른들은 검에 베이거나 창에 꿰였고 어린아이들은 창밖으로 내던져졌다.

보병들의 절반은 온전치 못한 죽음이 불러온 굶주림을 참지 못하고 수인들을 먹이로 삼았다.

구역 하나가 그렇게 초토화되자 대피해 있던 자들이 모조리 거리로 뛰쳐나왔다.

도로에 서서 대기하던 기병들은 그들의 뒤를 쫓았고 궁병들은 마음껏 활을 쐈다.

급히 재편성된 요르마크 부족 기병대가 그들에 맞서기 위해 구역과 구역을 가로막는 문을 열고 뛰어나왔다.

두 기병대가 정면으로 충돌했다.

양측 기병들이 서로의 창에 찔리거나 낙마했다. 혼돈 속에 미쳐 뛰는 말의 발굽이 낙마한 자들을 짓밟았다.

짓밟히는 자들 사이에는 양측에 끼어버린 수인들이 있었다.

기병대는 애초부터 주민들을 구할 생각이 없었다. 그들에게 내려진 임무는 적의 퇴치뿐이었다.

"적들을 다른 구역으로 보내지 마라!"

조금 더 크고 두꺼운 마상창을 쓰는 기병대 지휘관이 혼란 속에서 외쳤다.

틈새를 뚫고 나온 언데드 기병의 창과 지휘관의 창이 격돌했다.

언데드의 창을 옆으로 흘린 지휘관은 한 차례의 공격으로 언데드의 머리를 깨부쉈다.

지휘관은 거기서 끝이라고 생각하고 부하들을 지휘하기 위해 시선을 돌렸다.

그의 등 뒤에 머리가 깨진 언데드가 매달렸다. 떼어내기 위해 몸부림치는 지휘관의 갑옷에 다른 언데드 기병들의 창이 차례차례 박혔다.

그 난장판을 조율하는 자, 비숍은 건물 위로 올라가 웅크리고 앉았다.

그의 가면은 저 멀리 보이는 로키의 얼어붙은 성을 틀림없이 노리고 있었다.

"조금만 기다리라고. 화가 풀리면 곧 갈 테니까."

그가 즐기는 동안 땅에서는 그의 언데드 군대가 적과 민간인들을 죽인 숫자만큼 불어나고 있었다.

CHAPTER 29

대학살

GodsKnight R

발터는 니블헤임의 특수기동대 책임자이자 로키가 가장 신임하는 요르마크의 지휘관이었다.

최고 지휘관은 아니었으나 로키가 중용한 덕분에 요르마크들은 자신들의 부족을 이끌 차기 족장으로서 그를 대우해주고 있었다.

하지만 그는 사실 로키를 가장 증오하는 자들 가운데 한 명이었다.

그는 귀족들 이상의 대접을 받지 못하는 요르마크 부족의 권위와 자유를 위해 로키의 눈이 닿지 않는 곳에서 꾸준히 실력을 쌓았다.

그러나 그 실력은 슬프게도 언데드로 변해 버린 동족에게 발휘되고 있었다.

"구역을 사수해야 한다! 이곳을 돌파당하면 우리 부족의 주거지가 위험해진다! 피난이 끝났다는 신호가 들릴 때까지 무조건 싸워라!"

부하들을 응원한 발터는 아까 해치운 언데드의 시체를 밟으며 눈에 힘을 주었다.

그의 황색 눈동자로부터 붉은색 빛이 올라와 활활 타올랐다.

그는 형태가 다른 두 개의 검을 사용하고 있었다.

자세를 낮추고 힘을 모은 발터는 다시 달려드는 언데드에게 검을 휘둘렀다.

쇠가 튕기는 소리와 함께 언데드의 양팔과 허리가 뒤쪽으로 젖혀졌다.

중심까지 잃은 언데드는 다시 자세를 잡으려고 했으나 검에 실린 여력이 너무 강해서 무너진 자세를 되돌리지 못했다.

쓰러지려는 언데드의 투구를 발터의 검이 꿰뚫었다. 안면을 관통당한 언데드의 두 팔이 아래로 축 늘어졌다.

다른 언데드 세 명이 발터의 앞뒤에서 공격해 왔다.

몸을 낮추고 비켜서 그들의 틈새를 빠져나온 요르마크의 전사는 적들이 공격을 마무리하기도 전에 무서운 속도로 검을 휘둘렀다.

검들이 검은색의 육중한 궤적을 남겼다.

언데드들의 머리가 공중으로 가차없이 후두둑 튕겨 나갔다.

머리를 잃은 그들의 몸뚱이들은 팔다리를 허우적거리다가 뒤로 쓰러졌다.

발터는 멈추지 않았다.

모든 것을 아는 척하며 자신들을 부리던 로키가 왜 이런 사태를 그냥 방관하고 있는지 그는 이해할 수가 없었다.

니블헤임의 주거 구역 절반 이상이 시체와 불로 뒤엉킨 폐허로 변해 독한 연기를 뿜고 있었다. 그 규모 때문에 하늘까지 불타는 것처럼 빨갰다.

발터는 분노 속에 자신의 모든 감각을 서늘하게 다듬었다.

'대체 누구를 원망해야 한단 말인가!'

그는 쌍검을 좌우로 늘어뜨린 채 언데드의 악취로 물든 공기를 들이마셨다.

언데드들이 다시 달려왔다. 그들은 대화없이도 위치에 맞춰 조를 결성하고 대열을 짰다.

발터에겐 기가 막힌 광경이었다. 자신의 지휘 아래 시행한 훈련에서 나온 결과물들이기 때문이었다.

"오오오오!"

고함을 지른 발터가 대열을 이탈하여 달려갔다.

"아, 발터님!"

병사들이 그를 불렀으나 발터는 듣지 않았다.

발터는 자신에게 쏟아지는 공격들을 최소한의 움직임으로 피했다.

어쩔 수 없이 맞아야 하는 것은 입고 있는 갑옷을 믿고 버텼다.

발터는 언데드 두 명의 머리와 목에 각각 검을 꽂고 비틀었다.

머리를 잃은 언데드가 더 이상 움직이지 않는 것은 그에게 있어서 다행스러운 일이었다.

'이렇게 싸워봤자 무슨 소용이 있단 말인가!'

그는 자신에게 끊임없이 물었다.

조금이라도 온전한 시체는 무조건 언데드가 되어 무기가 될 만한 물건을 쥐고 달려들었다.

맨손으로 달려드는 언데드도 부지기수였다. 그들은 대부분 민간인이었는데, 쓰러뜨리기 쉬운 대신 마음에 부담을 안겨주었다.

발터는 막막했다.

언데드의 수는 끝이 없었고 해결 방안은 전혀 보이지 않았다.

애당초 검 두 자루로 다 때려잡을 수 있는 규모가 아니었다.

언데드 한 명이 발터의 팔꿈치에 머리가 깨졌다.

그 뒤를 따르던 언데드는 자신도 모르는 새 머리가 하늘로 튀어나갔다.

두 명을 순식간에 처리한 발터는 마음이 텅 빌 때까지 계속해서 검을 휘둘렀다.

발터의 동작은 매우 이성적이고 간결했다.

검이 한 번 움직이면 언데드 하나가 머리를 잃었다.

발터가 노리는 것은 오로지 머리뿐이었다.

그를 도와주듯 언데드들은 그를 공격하려 할 뿐, 방어는 아예 하지 않았다.

언데드 일곱이 그를 포위하고 사방에서 맹렬히 달려들었다.

그러자 발터는 옆에 있는 건물을 밟고 뛰어올라 적들의 머리 위를 넘어갔다.

발터를 놓친 언데드들은 뒤쪽에서 밀려오는 다른 언데드들과 충돌하여 뒤엉켰다.

발터는 한곳에 뭉친 언데드들에게 돌격했다.

언데드들 사이에서 작은 수인족 아이의 언데드가 과일에 숨어 있던 애벌레처럼 불쑥 기어나왔다.

“끄아아아앗!”

분노와 함께 언데드들에게 검은색의 검광이 들이닥쳤다.

발터가 발산한 에너지는 언데드들을 완전히 부수고 그 파편들을 흩어놓았다.

발터는 숨을 몰아쉬었다.

‘대피 완료 신호는 아직 멀었나?’

놓쳤을 수도 있다. 하지만 자신의 부하들은 아직도 자리를 지킨 채 싸우고 있었다.

그는 다시 싸우기로 했다.

현재 그에게 남은 것은 그저 부하들과 부족뿐이었다.

갑자기 펑 하는 소리가 그의 머리 위에서 맹렬하게 터졌다.

흠칫 놀란 발터는 주위의 언데드들이 모두 동작을 멈추자 더욱 놀랐다.

그의 눈동자에 감적색의 움직임이 들어왔다.

“저기서 재밌는 걸 주웠는데, 혹시 이걸 기다리나?”

손에 막대와 같은 물건을 든 비숍이 건물 위에서 키득거렸다.

그것은 신호탄이었다. 그것도 부족의 대피 완료를 알리기 위해 소리를 맞춘 물건이었다.

발터의 숨소리가 잦아들었다.

그는 비숍의 가면을 봤다. 새가 위쪽으로 나는 모습을 형상화한 무늬가 박힌, 기이한 가면이었다.

"크으윽……!"

발터의 뾰족한 이빨이 투구 속에서 부딪혀 딱딱 소리를 냈다.

"크아아아아아!"

검은색의 검광이 비숍 쪽으로 날아갔다.

그 파괴의 에너지를 가뿐히 피한 비숍은 분노를 주체하지 못하고 자신을 추격하는 발터를 놀리듯 이리저리 움직였다.

"오늘 내가 죽인 니블헤임 생물들의 숫자를 가르쳐 줄까? 자그마치 30만이야. 원래 목적의 세 배를 달성했지."

"이 녀석!"

발터가 비숍에게 검을 집어 던졌다. 날아오는 검을 피한 비숍은 발터의 속도에 맞춰 움직이면서 그와의 거리를 유지했다.

"우리가 너에게 무엇을 했다고 이러는 것이냐!"

발터는 성대가 찢어져라 외쳤다.

"음, 아무 짓도 안 했지. 물론 나도 너희 부족을 건들진 않았어. 그저 이 신호탄만 가져왔을 뿐이야."

"뭐라고?"

발터가 멈췄다.

그는 숨을 심하게 헐떡거렸다.

턱에서 목으로 이어지는 부드러운 가죽이 호흡을 돕기 위해 펄떡펄떡 뛰었다.

비숍 역시 멈추고는 발터에게 슬슬 접근했다.

"너희들, 로키를 싫어하지?"

"……."

"적어도 사랑하진 않잖아? 녀석은 너희들이 궁지에 몰리는데도 아무 도움도 주지 않았어. 하지만 귀족들에게는 다르지. 숨겨놨던 아스가르드의 병기들을 꺼내서 귀족들을 보호하고 있다고."

숨을 어느 정도 진정시킨 발터는 자신에게 다가오는 상대의 저의가 궁금했다.

"그런다고 내가 너를 도울 것 같은가? 이 난장판을 만든 학살자를 도울 것 같으냔 말이다!"

"왜 그러지? 도와달라는 게 아니야."

비숍의 가면 무늬가 숨을 쉬듯 빛을 냈다.

"내가 도와주겠다는 거야."

"돕는다고?"

"그렇지."

비숍이 건물 위로 올라가 옥상의 좁은 끝자락에 웅크리고 앉았다. 가면의 무늬에 맞는, 새와 같은 행동이었다.

"너에게 두 가지 선물을 주지. 한 가지는 네가 날 믿는 데 도움을 줄 거고, 다른 하나는 앞으로 네가 원하는 일을 이룰 수 있도록 도와줄 거야."

"그렇다면 왜 학살을 저질렀나!"

흥분한 발터의 눈에서 붉은 빛이 계속 올라왔다.

"학살? 이건 그냥 개인적인 기분풀이야."

발터는 기가 막혀 말이 안 나왔다.

비숍이 다시 발터의 앞으로 내려왔다.

"로키는 신이었던 놈이야. 네가 아무리 실력을 쌓아도 녀석 앞에서는 먼지나 다름없지. 아마 녀석은 네 생각을 뻔히 알고 있을걸? 하지만 그 꿈이 너무 하찮아서 내버려 둘 뿐일 거야."

자신의 무력함.

그것은 발터가 가장 잘 알고 있었다.

그렇다고 해도 저항을 위한 마음을 가라앉힐 수는 없었다.

적어도 정신이나마 후세에게 물려주고 싶은 것이 그의 심정이었다.

"하지만 난 너를 도울 수 있어."

비숍의 검지 손톱이 늘어나 발터의 머리 한가운데를 꿰뚫었다.

손톱은 발터가 통증을 느끼기도 전에 빠졌고 상처 또한 남기지 않았다.

발터는 방금 찔린 부분을 손으로 눌렀다.

"나에게 무슨 짓을 했나?"

"첫 번째 선물이야."

비숍이 로브 속에서 회중시계를 꺼냈다.

"도시 사람들이 죽은 게 싫은가? 싫겠지? 그렇다면 모두 다시 살려주지."

그가 시계의 버튼을 눌렀다.

"헉!"

발터가 소스라치며 일어났다.

그는 눈앞의 광경을 믿을 수 없었다.

지금 그는 자신의 집무실에 있었다.

그의 허벅지 앞에는 아무런 장식 없이 무미건조한 책상이 있었다.

옆에는 즐겨 읽는 책들이 있었다.

"발터님?"

조회 보고를 하기 위해 들어왔던 요르마크 장교가 당혹하여 그를 걱정했다.

발터는 주변을 다시 둘러본 뒤 창문 밖에 펼쳐진 니블헤임의 전경을 살폈다.

모든 것이 아침 그대로였다.

"혹시 침입자가 있었나?"

"침입자 보고는 없었습니다."

상관의 불안정한 모습에 장교의 걱정이 한층 더 깊어졌다.

"발터님, 괜찮으십니까?"

"아, 아."

발터가 다시 자리에 앉았다.

"미안하네. 현기증이 나는군. 1시간 뒤에 다시 와주겠나?"

"그렇게 하겠습니다."

장교가 집무실 밖으로 나갔다.

발터는 곧장 세면대로 달려가 뱃속에 있는 모든 것을 토해냈다.

그의 토악질은 위액마저 나오지 않을 때가 되어서야 겨우 멈췄다.

'백일몽인가?'

방금 전까지만 해도 분명히 그는 대학살 앞에서 싸우고 있었다.

분노, 의문, 걱정은 아직도 그의 뇌에 남아 혈압을 올리고 있었다.

그러나 그는 눈 깜짝할 사이에 자신의 집무실에서 일상과 마주했다.

'백일몽이 아니라면 중증의 병이겠지.'

그는 물로 입가심을 하고 청결한 수건으로 얼굴을 닦았다.

수건으로 얼굴을 압박하는 그의 손이 부들부들 떨렸다.

얼굴과 군복을 정리한 그는 다시 책상에 앉았다.

책상 건너편에 가면의 사내가 보였다.

"시원하게 토하더군."

"으!"

발터가 앉아 있던 의자가 뒤로 넘어졌다.

"넌……!"

"비숍이라 부르게. 첫 번째 선물은 마음에 들었나? 자네는 이제 시공간 왜곡에 관계없이 기억을 유지할 수 있다네. 인생에는 별로 도움이 안 되지만 큰 재미를 주지."

비숍이 품속에서 큰 단검을 꺼내 발터의 책상 위에 탁 놓았다.

"이건 내가 말한 두 번째 선물이야. 이것으로 로키를 해치울 수 있어. 로키 말고는 없앨 수 없는 무기이기도 하지. 뭐, 적절한 시기에 사용할 날이 올 거야."

발터는 혼란스러웠다. 그리고 눈앞에 있는 존재를 극도로 경계했다.

다 떠나서, 자신이 지금 어찌해야 할지 생각이 나지 않았다.

"날 믿고 말고는 자네 자유야. 난 도와준다는 약속을 지켰으니 이제 가보겠네."

"잠깐!"

발터가 큰 소리로 그를 불렀다.

"용건이 또 있나?"

비숍이 그를 돌아봤다.

"나를 왜 돕는 거지?"

발터의 질문에 비숍의 가면 무늬가 기묘하게 빛났다.

"나도 로키를 싫어해. 여기 온 이유도 그것 때문이야. 이제부터 녀석을 혼내주러 갈 예정이지."

"그 정도의 능력자가 왜 나를?"

"단숨에 죽이면 녀석만 좋잖아? 자네와 함께 하면 녀석에게 큰 괴로움을 줄 수 있어. 난 녀석이 온갖 저주와 애원을 퍼

붓다가 죽는 꼴을 보고 싶다고."

"……."

"일이 끝나면 니블헤임은 자네가 가지던가 해. 그럼 잘 있으라고."

비숍의 모습이 스륵 사라졌다.

"으음……."

이마를 짚은 발터는 넘어진 의자를 다시 세우고 그 위에 앉았다.

한숨 소리가 연신 그의 집무실에서 맴돌았다.

*　　　*　　　*

비숍이 알현실의 공간을 비집고 나타났다.

로키와 함께 알현실에 있던 귀족들은 방 한가운데에 나타난 불청객을 보고 경악했다.

"웨, 웬 놈이냐!"

"글쎄?"

불청객, 비숍의 손이 휘리릭 움직였다.

목표는 그에게 정체를 물었던 귀족이었다.

정수리부터 위턱까지 비숍의 손톱에 긁힌 귀족은 의장용 검을 뽑으려는 자세를 잡은 채 축 늘어졌다.

손톱을 뽑은 비숍은 쓰러진 귀족의 시체를 발로 걷어차 멀리 날렸다.

"여어, 로키. 나와 얘기할 게 좀 있지 않나?"

그의 의도를 읽은 귀족들이 남녀를 불문하고 움직여 로키의 앞을 가로막았다.

몇몇은 검과 창 등으로 싸울 준비를 마쳤다.

"내가 마음이 약해서 몰래 움직이는 것을 좋아하는데 오늘은 아니야. 다들 좀 죽어줘야겠어."

비숍의 가면 무늬가 빨갛게 빛났다.

비숍에게 귀족 넷이 일제히 달려들었다. 왼쪽 손톱들로 한 명의 가슴을 꿰뚫은 비숍은 몸을 돌려 다른 두 명의 머리와 목을 각각 베었다.

"캬야아!"

마지막 한 명이 미친 듯이 고함을 지르며 검을 휘릭 움직였다.

비숍은 몸을 젖혀 그의 어설픈 공격을 피한 뒤 발목을 잘라 넘어뜨렸다.

"타다 남은 쓰레기들 주제에 덤벼?"

비숍은 물건을 걷어내듯 손톱으로 귀족들을 학살하기 시작했다.

귀족들은 두려워하면서도 비숍에게 덤볐다. 심지어는 자

신들이 왜 싸우려고 하는지 전혀 모르는 채 무기를 드는 자도 있었다.

'최면에 걸렸군.'

귀족들의 몸을 모두 잘라 간단히 정리한 비숍은 혼자 남은 로키에게 손톱을 내밀었다.

"다시 묻겠어. 얘기할 게 있지?"

"전혀 모르겠는데? 그전에, 우리가 개인적으로 면담하고 대화할 만큼 친한 사이였나?"

로키가 파란 혀를 턱 아래로 길게 내밀어 상대를 도발했다.

"아, 끝장나게 화가 나는군."

비숍이 손톱들을 크게 펼치고 뛰었다.

그렇다고 해서 그냥 당하고 있을 로키는 아니었다.

로키가 마법으로 만들어낸 얼음 덩어리들이 비숍을 향해 무서운 기세로 날아갔다.

얼음들은 모두 날을 세운 철퇴처럼 끝이 뾰족하고 모서리가 날카로웠다.

손톱들로 자신을 따라오는 얼음 덩어리들을 모두 잘라 격파한 비숍은 거침없이 로키에게 달려갔다.

그런 그의 앞길에 두꺼운 갑옷 차림의 거인이 창과 방패를 들고 갑자기 나타났다.

'마법 전송?'

거인의 키는 비숍의 두 배였다.

알현실이 대강당처럼 큰 것을 감안하면 적절한 사이즈였다.

하지만 비숍은 그런 존재가 갑자기 나타났다는 사실에 큰 스트레스를 받았다.

일단 물러난 비숍이 알현실의 빈 의자 등받이에 웅크려 앉았다.

"새 장난감인가?"

"그래, 맞아."

로키가 의자의 팔걸이를 치며 깔깔 웃었다.

"쓰고 남은 거인들의 조각을 추려서 만든 놈이야. 별로 너 때문에 만든 건 아니니까 오해하진 마."

"거슬리는 말투로군. 아무튼 심심하진 않겠어."

비숍이 두 팔을 펼치며 도약했다.

그는 검은색 화염이 달라붙은 발로 거인을 걷어차 승부를 단숨에 내려고 했다.

그러나 닿기도 전에 황색의 빛이 장벽처럼 일어나서 그의 공격을 단단히 막아냈다.

장벽의 반동에 밀려난 비숍에게 로키의 얼음 덩어리들이 다시 닥쳐왔다.

불이 붙은 손톱들로 얼음들을 증발시킨 비숍은 그대로 손톱을 이용해 거인을 후려쳤다.

공격은 이번에도 빛의 장벽에 막혀 튕겨 나갔다.

이번엔 거인이 오른손에 든 창을 던졌다.

도약하여 창을 피한 비숍은 알현실 천장에 박쥐처럼 거꾸로 매달렸다.

"추려서 만든 놈이 왜 빛의 장벽을 쓰지?"

그가 묻자 로키는 미리 따라둔 포도주를 마시며 여유를 부렸다.

"하이엘바인을 상대하기 위해 연구해 둔 자료를 썼지. 공격은 형편없지만 의외로 좋더군. 한 마리 줄까?"

"거절하지."

가면의 무늬가 다시금 빛났다.

그 선명한 적색에 자극을 받았는지 거인이 빛의 장벽을 더욱 단단히 구축했다.

"하이엘바인이 나에게 있어서 천적이라는 사실은 잘 알아. 그래도 이렇게 격이 떨어지는 장난을 하면 안 되지."

비숍의 손톱이 줄어들었다.

그는 손톱 대신 주먹을 쥐었다. 검은색 불길도 그의 주먹을 중심으로 일어났다.

"단숨에 터뜨려 주마."

곧이어 강렬한 충격이 거인의 머리에 떨어졌다.

비숍의 손날이 장벽과 함께 거인의 머리를 뭉그러뜨렸다.

거인이 뒤로 비틀비틀거리자 로키의 안색이 단번에 변했다.

"정신 차려라! 날 위해 만들어지고 싸우게 되는 영광을 되살려 힘을 내란 말이다!"

하지만 거인은 정신을 차릴 겨를이 없었다.

불꽃이 섞인 주먹이 거인을 무자비하게 강타했다.

거인을 감싼 채 찌그러지는 장벽은 더 이상 의미가 없었다.

비숍은 손과 발로 거인을 간단히 유린했고 거인은 막대한 힘의 차이 앞에 속수무책으로 당했다.

비숍의 오른쪽 손톱이 평상시보다 훨씬 더 길게 늘어났다.

"재미없는 녀석 같으니!"

불길이 그의 손톱을 타고 올라갔다.

비숍은 그 상태로 거인의 장벽을 찔렀다.

거인은 장벽을 뚫고 들어오는 손톱의 화염을 그냥 가만히 보고만 있었다.

결국 손톱이 몸에 직접 닿은 거인은 한순간 맹렬하게 타올랐다.

거인이 불탄 자리에 바스락거리는 살덩이의 잔해와 뜨겁게 달아오른 갑옷 조각이 차례로 떨어졌다.

손톱을 줄이는 비숍에게 얼음 덩어리 하나가 다시 날아왔다.

그것을 단번에 갈라 버린 비숍은 로키를 향해 로브를 휘날리며 성큼성큼 다가갔다.

"넌 날 화나게 했어."

"크윽!"

로키의 비명이 땅을 향해 터졌다.

알현실 한가운데에서 그 옛 신의 머리를 밟고 선 비숍은 손톱 끝을 로키의 코앞에 내리고 바닥을 슬슬 긁었다.

"왜 날 화나게 하지? 아니, 그 이전에 왜 거짓말을 했지?"

"무슨 소린지 모르겠군."

"그래?"

바닥이 찢어지는 소리가 알현실을 울렸다.

예리하게 잘린 로키의 팔뚝이 알현실 구석까지 굴러갔다.

"더 친절하게 설명해 줄까?"

"흐흐."

로키가 웃었다.

파란색의 긴 혀가 그의 입에서 불쑥 밀려 나왔다.

"스트라케 말이지? 내가 그 계집의 기억을 조작한 건 맞아."

"호오."

로키의 반대편 팔이 날아갔다.

"오해하지 마! 나도 정말 내가 고문한 줄 알았다고! 그게 얼마나 오래된 일인지 너도 잘 알잖아?"

"지금 나랑…… 장난하나!"

비숍은 로키의 목을 베었다.

"케엑!"

로키의 비명이 익살스럽게 터졌다.

비숍은 굴러가던 로키의 목을 들어 그의 큰 의자 위에 대충 던졌다.

"듣자 하니 파프니르가 이 근처에서 돌아다닌다고 하더군. 네가 그걸 어떻게 깨웠는지 모르겠지만 난 그냥 눈감아주려고 했어. 난 반려동물 몇 마리 가지고 화를 낼 만큼 속이 좁은 자가 아니거든. 게다가 문제의 스트라케 아가씨가 본래 능력을 되찾기도 했고 말이야."

"이봐, 흥분하지 말라니까? 오해야! 난 네 편이라고!"

"오, 그래? 그렇다면 우정의 증거로써 파프니르는 내가 전부 가지도록 하지. 나도 마침 날개 달린 반려동물이 필요했거든."

비숍은 검지와 중지의 손톱으로 로키의 머리카락을 마구 잘랐다.

"이제부터 너도 감시 대상이야. 불편함을 즐기라고, 친구."

비숍은 마지막으로 로키의 얼굴을 손톱으로 그어버린 뒤 그 자리에서 사라졌다.

"흐, 이거 원……."

손상됐던 로키의 육체가 순식간에 복구되었다.

그는 잘리고 긁혔던 부위를 손으로 눌러보며 눈을 찌푸렸다.

"네놈부터 하이엘바인에게 죽어보라고, 비숍. 판은 내가 잘 짜놨으니까 말이야."

다시 뜬 그의 눈에서 독기가 올라왔다.

*　　*　　*

해가 저문 밤이었다.

"정말 갑옷을 못 벗으시나 봐요?"

짧은 녹색 머리의, 청년이라기보다는 소년에 가까운 얼굴의 레디가 눈앞의 사내에게 물었다.

"그렇다네."

대답한 사내는 접시의 고기를 작은 포크로 찍어 먹었다.

그 갈색 머리 남자는 검은색 망토로 자신의 갑옷을 가리고 있었다.

황금색으로 빛나는 그 갑옷은 이음새의 선과 표면에 촘촘히 새겨진 문양이 매우 고급스러웠다.

그러나 그는, 헤라클레스는 그 갑옷을 벗을 수 없었다.

'네메아의 사자 갑옷' 이라는 이름을 가진 그 갑옷은 성능만으로 따졌을 때 올림포스의 보물들 가운데 가장 좋은 편이었지만 입은 자가 죽을 때까지, 혹은 저주를 이겨낼 만큼의 힘을 가진 자에게 도움을 받을 때까지 벗겨지지 않는 단점이 너무 컸다.

사바신은 헤라클레스를 보며 고개를 갸웃거렸다.

'이거 의도된 일인가?'

지크가 그랬듯 공간의 틈새에서 튕겨져 나온 사바신과 레디는 몇 분 지나지 않아 '근처를 지나던' 헤라클레스, 그리고 바이론에게 발견됐다.

자초지종을 들은 바이론은 그들에게 일단 따라오라는 지시를 했다.

아무리 경험이 많은 그라고 해도 당장은 그것 외에 딱히 할 수 있는 말이 없었다.

그때 이후로 사흘이 지났다.

어젯밤, 주신계에서 보낸 사자(使者)를 통해 긴급 지시 사항을 직접 접한 바이론은 일행을 이끌고 어떤 산맥으로 향했다.

헤라클레스는 그에게 어디로 가는 거냐며 질문했다.

바이론은 렘런트의 새 본거지를 발견했다는 말을 짧게 했다.

옛 본거지는 헤라클레스의 기억에 의지해 찾아가 봤지만 렘런트들은 당연하게도 그 자리에 없었다.

이후 그들은 사바신과 레디가 올 때까지 방황하기만 했다.

도중에 도적단 두 개 정도를 깨서 사람들을 돕긴 했지만 선행을 한다고 해서 답이 나오는 것은 아니었다.

이런저런 일을 겪은 끝에 1차 목적지인 산맥의 동굴에 도착한 일행은 우선 식사로 컨디션 조절에 들어갔다.

"그 갑옷 말인데요."

사바신이 헤라클레스에게 물었다.

"볼일을 보실 때는 어떻게 하시죠? 투구처럼 좀 양해가 되는 부위가 있나요?"

"이 갑옷을 입으면 볼일을 볼 필요가 없어지지. 그것 역시 갑옷의 힘인데, 사실 심심하긴 하다네."

"저런."

사바신은 위로하듯 고개를 흔들었다.

사바신과 레디, 헤라클레스 사이에 위화감은 적었다. 과거에 한 번 만난 일이 있는 게 아닐까 싶을 정도로 가볍게 말을 나누기도 했다.

둘의 성격이 좋은 것도 있었지만 헤라클레스의 성격도 대단히 좋았기에 가능한 일이었다.

검은색 코트로 몸을 감싸고 있는 바이론은 방금 식사를 끝낸 접시를 옆에 놓았다.

"이보게, 친구."

헤라클레스가 바이론을 불렀다.

"이 동굴 속에 본거지가 있단 말인가?"

"동굴을 지나면 고대 도시의 폐허가 나온다는군. 그곳이 본거지다."

"그런 것치고는 감시자가 너무 없군."

"최근에는 추적조차 붙지 않았지."

동굴 주변에는 제법 강한 강풍이 불고 있었다. 바위 틈새와 동굴을 통과한 바람의 온도는 등골이 시릴 정도였다.

헤라클레스의 표정은 그와 상관없이 쓸쓸했다.

사바신과 레디에게 제우스의 얘기를 들은 지 얼마 안 되어 렘런트의 본거지가 발견됐다.

사자가 내려왔을 정도면 그만큼 확실한 정보라는 뜻이었다.

'팔아넘기셨단 말입니까, 아버지.'

그는 마음이 아팠다.

혹시라도 이후에 제우스를 다시 만나게 되면 자신이 어떤 표정을 짓게 될지 두렵기까지 했다.

동굴의 입구는 제법 거대했다.

식사가 끝난 뒤, 사바신은 주변의 흙과 식물들을 차근차근 살펴봤다.

"렘런트들이 오고 간 흔적은 없네."

"글쎄?"

레디가 동굴 안에 살짝 들어갔다 나왔다.

"여긴 석회암 동굴이야. 역시 렘런트들의 흔적은 없어."

사바신은 머리를 긁었다.

"정말 여기 맞을까?"

"실패할까 두렵나?"

바이론이 코트를 벗고 일어났다.

암벽처럼 두껍고 단단한 회색의 근육질 사이로 바람이 흘렀다.

"진입한다."

일행은 횃불 등에 의지하지 않고 그냥 동굴 안으로 들어갔다.

동굴은 깊었고 구조는 미로처럼 어지러웠다. 일행은 그 속을 흐르는 물처럼 거침없이 돌파했다.

동굴을 지난 끝에 도시가 보였다.

산에 완전히 둘러싸인 그 도시는 건물 전부가 돌을 깎아 만든 특이한 건축양식을 자랑했다.

"나름대로 문화가 느껴지네요."

레디가 즐겁게 말했다.

도시는 석조 건물과 도로 등이 충실했다. 특히 건물 외벽을 장식한 벽화와 조각들은 고대문명에 관심이 많은 레디의 눈길을 끌었다.

사방에는 새와 물고기, 짐승의 석상이 각각 배치되어 있었다.

그리고 한가운데에는 뾰족한 건물이 높게 솟아 도시의 옛 영광을 자랑했다.

사람의 기척은 없었다.

있는 것이라고는 건물을 감싼 덩굴식물과 건물 안팎을 어슬렁거리는 기묘한 생물들뿐이었다.

갑옷처럼 보이는 외피를 가진 그 존재들은 분명 렘런트였다.

"모습이 저렇게 변하다니……."

헤라클레스의 목소리 끝이 젖었다.

"이제는 정말 편하게 보내주는 것만이 최선의 방법이로군."

그가 슬픔을 가리듯 투구를 썼다.

헤라클레스를 지켜보던 사바신은 꿍한 표정으로 가만히 있다가 동굴과 도시의 거리를 눈짐작으로 살펴봤다.

"이렇게 가까운 곳에 왜 감시를 안 붙인 거지?"

"도시의 오염이 덜된 것을 봐서 이곳으로 옮긴 지 얼마 안 된 것 같네."

헤라클레스가 말했다.

"아니면 오늘 이곳에 집합하기로 약속되어 있었거나."

"어느 쪽이든 상관없지."

바이론이 큰 검을 손에 쥐고 일어났다. 눈동자가 보이지 않는 그의 눈이 밝게 빛났다.

"이곳에 적이 있다."

그가 동굴 밖으로 뛰었다.

동굴은 절벽의 그늘진 곳에 숨어 있었다. 그곳을 통해 네 명의 사내들이 일제히 뛰어내렸다.

바이론의 두꺼운 철갑 장화가 가장 먼저 땅에 닿았다.

그가 정한 위치는 말라 버린 수로를 가로지르는 다리 위였다.

바이론은 착지하자마자 다리를 살폈다. 오랜 세월 방치되긴 했지만 인마가 끄는 대형 마차도 문제없이 버틸 만큼 강도는 충분했다.

"크큭."

도시 사방의 석상들처럼 움직이지 않을 것 같던 그의 표정이 죽음에 굶주린 광기로 밝아졌다.

그의 눈은 다리 저편을 주시하고 있었다. 그곳에는 갑작스럽게 나타난 침입자를 넋이 나가 바라보는 렘런트들이 있었다.

"이야기 속의 저승은 항상 다리 건너에 있지. 크큭, 이제부터 저 다리의 건너편이 저승으로 변하겠군."

사바신과 레디가 통나무 같은 목도와 예리하게 휘어진 곡도를 각각 꺼냈다.

헤라클레스는 한 박자 늦게 자신의 금속 둔기를 꺼내 쥐었다.

"죽이는 거다!"

바이론이 눈을 하얗게 불태우며 미친 듯이 달렸다.

"크하하하! 크하하하하하!"

그의 웃음소리가 다리를 시작으로 도시 전체를 쩌렁쩌렁 흔들었다.

풍부하고 거친 은발이 달빛 아래의 수풀들처럼 하얗게 빛났다.

그 밑으로 큰 덩어리의 근육들이 바짝 긴장되어 꿈틀거렸다.

그 기세와 광기에 압박당한 렘런트들은 서로를 부르기만 할 뿐, 무기를 들고 대처할 생각은 아예 하지 못했다.

다리를 건넌 바이론이 검을 두 손으로 쥔 채 훌쩍 뛰어올랐다.

부름을 받고 몰려들던 렘런트들이 하얀색의 광기를 온몸에 감은 채 떠오르는 바이론에게 시선을 빼앗겼다.

"하하하하!"

착지와 함께 렘런트 셋을 조각낸 바이론은 검을 옆으로 크게 휘둘렀다.

렘런트들의 무기와 단단한 외피가 바이론의 검과 그 검이 만든 대기의 충격에 휘말려 함께 박살 났다.

약진하는 바이론의 근육에 그 파편들이 부딪혀 튕겨 나갔다.

그러나 대검을 불끈 거머쥔 회색의 거한에겐 우습게 보이는 듯했다.

"베는 촉감이 좋아졌구나! 크하하하핫!"

바이론은 광소를 터뜨리며 검을 마구 휘둘렀다.

그의 검은 푸줏간에서 쓰는 것처럼 위로 조금 휘어진 것이 살기등등했다.

공중으로 들린 그의 검이 렘런트의 정수리에 여지없이 처박혔다.

렘런트의 육체는 조각나지 않고 뭉그러지더니 뒤쪽으로 터졌다.

여태까지 진화한 렘런트의 몸은 두꺼워진 껍질과 각종 방어 능력 덕분에 중장갑이나 다름없었다. 하지만 바이론은 그것을 즐기듯이 무시하고 있었다.

"하하하하하하!"

죽어 사라지는 렘런트들의 수가 많아질수록 그의 광기와 파괴력이 증가했다.

처음엔 좀 컸던 렘런트의 파편이 지금은 기계로 갈아버린 것처럼 작았다.

맞지 않았는데도 검의 압력에 눌려 바닥에 처박히는 렘런트도 있었다.

흘러넘치는 광기와 달리 그의 검술은 진짜 광인이 휘두르는 것처럼 막 나가는 것이 아니었다.

그는 렘런트가 쉽게 부서질 만한 곳을 정교하게 노리고 있었다.

"크하하핫! 죽는 거다!"

폭발적인 광기가 밀물처럼 지나갔다.

그 뒤에 남은 것은 분해가 된 렘런트와 렘런트의 몸속에 자리 잡고 있던 이상한 물질들뿐이었다.

'아, 미끄러지겠네.'

사바신이 투덜거렸다.

바이론에게 완전히 정신을 빼앗긴 렘런트들은 뭔가 대책이 필요하다고 느낀 듯 과거에 몇 번 썼던 수를 다시 쓰기로 했다.

렘런트들이 외피를 벗고 서로에게 몸을 던졌다.

뭉치고 뭉친 렘런트들의 집합체는 드래곤의 형태를 이루었다.

렘런트 드래곤 하나가 바이론에게 맞서기 위해 움직였다.

예전과 달리 외피는 껍질로 단단히 보호되고 있었다. 그 때문에 예전과 달리 진짜 드래곤의 모습처럼 보였다.

바이론이 공격 범위 내에 들어오자 렘런트 드래곤은 턱을 벌리고 목을 쭉 뺐다. 그를 씹어버리겠다는 의향이었다.

"쿠오오오!"

렘런트 드래곤이 거성을 터뜨리자 바이론의 두 눈이 더욱 밝게 번뜩였다.

"오너라!"

검으로 만든 거대한 충격파가 바이론의 앞쪽에서 물기둥

처럼 하얗게 솟아올랐다.

그 충격파가 렘런트 드래곤을 덮쳤다.

머리부터 충격파에 휩싸인 렘런트가 골격과 피부, 근육 등으로 산산이 흩어졌다.

일격에 하나를 처리한 바이론은 여기저기서 만들어지는 렘런트 드래곤의 모습을 목격했다.

"크하하하핫!"

단숨에 렘런트 드래곤의 머리까지 뛰어오른 바이론은 검으로 상대의 머리를 찍어 눌렀다.

렘런트 드래곤의 머리가 어김없이 터져 나갔다.

하지만 렘런트의 입장에선 몸의 일부일 뿐, 그들은 신체가 사라진 것에 개의치 않고 머리를 다시 구축하여 바이론을 공격했다.

바이론이 끊임없이 밀려 나오는 렘런트들의 한가운데에서 난동을 부리는 한편, 사바신과 레디는 좌우로 이탈하여 따로 적들을 상대했다.

렘런트들을 확실히 격멸시키기 위한 나름대로의 작전이었다.

주신계에서 파견한 사자가 그들에게 전해준 것은 렘런트들의 위치만이 아니었다.

그들이 빠져나가는 것을 막기 위한 '사상 차단기'도 함께 주었다.

사바신과 레디의 최우선 임무는 이 폐허가 렘런트의 본거지임이 확실해졌을 때 사상 차단기를 설치하여 그들을 가두는 것이었다.

'정말 여기만 부수면 렘런트에 대한 문제가 끝나는 걸까?'

사바신은 의문을 품었다.

하나 생각할 여유는 없었다. 렘런트들이 필사적으로 그에게 달려들었다.

사바신은 목도를 높게 들더니 목도와 함께 몸 전체를 옆으로 돌렸다.

목도에 걸린 렘런트들의 복부에서 굉음이 터졌다.

몸이 굽혀진 채 목도와 함께 돌던 렘런트들이 이윽고 하늘로 날아갔다.

사바신은 장치를 설치할 위치까지 돌파하기로 마음먹었다.

"길을 비키란 말이야!"

그는 목도, 팔봉신영룡을 들고 훌쩍 뛰어올랐다.

렘런트들이 방패를 올려 영룡의 타격에 대비했다.

사바신의 영룡이 렘런트의 방패에 닿는 순간 주변 모든 이들의 중심을 무너뜨릴 정도의 지진이 일어났다.

몇을 한꺼번에 깔아뭉갠 사바신은 자욱한 흙먼지 속에서

일어났다.

주위의 오래된 건물들이 천천히 붕괴되었다.

흙먼지 속에서 사바신이 돌진했다.

영룡의 두꺼움이 렘런트들의 창칼을 부수고 육체를 가뿐하게 짓이겼다.

맞아 날아간 렘런트들은 몸속이 부서진 채 건물과 바닥에 떨어졌다. 그 위를 더 많은 렘런트들이 채웠다.

'진짜 본거지인가?'

시간 끌기를 싫어하는 사바신은 눈을 부릅떴다.

그는 영룡을 땅에 박은 뒤 맨주먹으로 렘런트들에게 맞섰다.

붕대로 단단히 감긴 그의 주먹이 렘런트의 안면을 때렸다.

"타아!"

주먹에서 사바신의 힘이 폭발했다. 주먹 모양을 한 반투명의 기운이 렘런트들을 짓뭉갰다.

한 차례 주먹을 날린 사바신이 이번에는 돌려차기를 했다.

사바신의 발끝이 어떤 렘런트의 옆구리를 정확히 뚫었다.

뒤이어 주먹의 경우와 마찬가지로 발의 모양을 한 기운이 렘런트들을 집단으로 밀어냈다.

"조금 더 세게!"

기세가 오른 사바신이 심호흡을 길게 한 후 정신을 집중했다.

흰색의 기운이 사바신의 몸에서 나와 양손에 맺혔다. 그의 또 다른 특기 중 하나인 염력(念力)이었다.

"지룡(地龍), 개안(開眼)!"

소리에 맞춰 사바신의 손에 맺힌 염력이 확대됐다.

그에게서 흘러나와 주위에 쌓이는 염력의 형태는 마치 드래곤의 모습을 한 동룡족과도 같았다.

그는 양손을 렘런트 쪽으로 뻗었다.

"지룡포효박살천(地龍咆哮撲殺天)!"

그가 만들어낸 염력의 기운이 땅과 건물을 부수고 렘런트들을 향해 기어갔다.

그 용족의 허상은 턱을 찢듯이 열어 렘런트들을 집어삼켰다.

사바신으로서는 꽤 큰 기술이었다.

하지만 렘런트들은 끝이 보이지 않을 기세로 곳곳에서 밀려 나왔다.

다시 영룡을 손에 쥔 그는 이대로 어떻게 될 일이 아니라고 생각하여 바이론에게 정신감응을 시도했다.

[여기 맞는 것 같은데, 그냥 두들겨 패는 것으로 괜찮겠어? 아예 날려 버리는 게 낫지 않아?]

[맞아요, 선배님!]

레디의 목소리가 그들의 정신감응 속에 끼어들었다.

[사상 차단기를 설치할 틈조차 보이지 않아요!]

[렘런트들 가운데 간부급이 있다더군. 하지만 아직 보이지 않아.]

폭풍처럼 광기를 뿜어내고 있는 와중에도 정신감응을 통한 바이론의 목소리는 상당히 이성적이었다.

[네놈들은 무슨 수를 써서라도 차단기를 설치해라. 녀석들의 수는 내가 줄인다.]

후배들에게 지시를 내린 바이론의 그림자 속에서 짙은 어둠이 흘러나왔다.

"나와라, 드로니온!"

부름을 받은 어둠이 공중에서 뭉쳤다.

뭉쳐진 어둠의 덩어리로부터 인간형의 물체가 떨어졌다.

머리를 지면 쪽으로 한 채 내려온 그 검은색 물체는 바이론의 등 뒤에서 빙글 돌아 똑바로 땅을 밟았다.

투명하고 끈끈한 액체가 전신에서 흐르는 그 물체, 드로니온은 그 속에 오직 어둠만이 존재하는 입을 벌리고 렘런트들을 향해 포효했다.

"오오오오오오!"

드로니온의 몸집은 바이론보다 약간 더 크고 두꺼웠다.

특별한 무기가 없기에 팔다리를 휘두르고 괴성을 지르는 게 고작이었다.

그러나 그 공격 하나하나가 치명적이었다.

팔을 한 번 휘두를 때마다 렘런트들이 발목만 남긴 채 녹아 사라졌다.

렘런트들이 사용하는 마법은 어떤 속성이 됐든 드로니온의 몸에 들어가 소멸됐다.

드로니온의 포효는 단순한 소리가 아니었다. 빛과 융합을 간절히 원하는 어둠의 갈망이었다.

그가 어둠을 물줄기처럼 토해내며 고개를 움직이면 그 범위 안에 있는 렘런트들은 빛으로 변화하여 드로니온의 입속으로 들어갔다.

"드로니온!"

바이론이 외쳤다.

"네 뼈를 추려 나에게 바쳐라!"

"주인님의 뜻대로."

없을 것만 같던 드로니온의 눈이 빛났다.

드로니온의 육체가 한 차례 크게 물컹거리더니 아래로 흘러내렸다.

물컹한 액체 속에 숨겨져 있는 것은 칠흑색의 장중한 전신 갑옷이었다.

그 갑옷이 조각조각 분해되어 바이론을 향해 세차게 날아갔다.

미리 갑주가 장비되어 있던 발과 종아리, 손, 그리고 팔뚝을 제외한 바이론의 전신에 갑옷이 씌워졌다.

마지막으로 바이론의 머리색과 비슷한, 빛바랜 은색의 갈기가 중앙에서 나부끼는 투구가 그의 머리에 씌워졌다.

"후우."

투구 아래로 흰 입김이 흘러나왔다.

투구뿐만 아니라 갑옷의 틈새 사이에서 똑같은 성질의 연기가 비어져 나왔다.

바이론 주변의 풀과 나무들이 그 연기에 맞고 생기를 잃으며 시들었다.

물컹한 덩어리가 된 드로니온이 주인의 그림자 속으로 물러났다.

뒤편에서 약간 소극적으로 싸우던 헤라클레스가 갑옷의 느낌을 받고 눈을 번쩍 떴다.

"광휘의 갑옷?"

그는 갑옷의 정체를 정확히 알고 있었다.

바이론이 지금 걸친 갑옷은 올림포스의 신, 타나토스가 입고 있던 광희(狂喜)의 갑옷이다.

하데스의 동료이자 부하로서 죽음을 다루던 그 신은 큰 죽음을 거둬야 할 때가 되면 그 갑옷을 입고 세상에 나왔다.

광희의 갑옷은 주변 생물체의 생명을 빨아들이는 죽음의 기운을 퍼뜨린다.

그 영향은 갑옷 안쪽에도 퍼지기 때문에 착용자가 자신의 죽음까지 마음대로 다룰 수 없다면 절대 입을 수 없었다.

그 갑옷이 현재의 신계에 존재한다는 사실을 상상조차 하지 못했던 헤라클레스는 여태껏 그저 친구라고만 불렀던 바이론을 다시 보게 됐다.

'죽음까지 포함한 어둠의 사용자였단 말인가?'

갑옷을 입은 바이론이 위쪽으로 높이 도약했다.

"잔챙이들은 질렸다!"

그가 든 검에 갑옷에서 나오던 연기들이 밀려들어 갔다.

하얀색의 기운과 검은색의 기운이 칼날의 표면에서 분투를 벌였다.

"타나토스여, 눈을 떠라!"

그가 지상을 나누듯 검으로 밤하늘을 그었다.

하얀색의 균열이 하늘 한가운데에 나타났다.

균열의 크기는 렘런트들이 점령한 고대도시의 절반 정도

였다.

그 균열이 양옆으로 벌어졌다. 드러난 것은 인간의 것과 흡사한 눈이었다.

사바신과 레디는 밤하늘에서 부릅뜬 그 눈의 눈동자와 흰자위를 보고 서로에게 외쳤다.

[바깥쪽으로 도망쳐!]

[헤라클레스 씨도 어서요!]

렘런트들이 자신을 때리든 말든 하늘에 뜬 눈을 가만히 구경하던 헤라클레스는 새로 사귄 친구들의 고함 소리에 놀라 도시 바깥쪽으로 뛰었다.

렘런트들이 그를 붙잡았지만 헤라클레스는 그들을 팔다리에 매단 채로 열심히 달렸다.

바이론이 그 눈의 뒷부분, 즉 눈알에 해당하는 하얀 구체를 검으로 내리찍었다.

"죽음을 토해내는 거다!"

바이론의 검에 찔리는 순간 눈의 흰자위에 붉은 선들이 어지럽게 떠올랐다.

충혈된 그 눈은 통증을 호소하듯 한없이 검은색의 빛을 토해냈다.

그 빛은 도시 한가운데에 떨어졌다.

생명체, 비생명체 할 것 없이 어둠과 죽음이 만들어낸 대소

멸의 힘에 끝없이 눌리고 압축되었다.

압축의 범위 내에 들어간 땅은 구멍이 뚫린 듯 텅 비어 있었다.

빛이 눈의 소멸과 동시에 사라졌다. 그러자 압축되었던 모든 것들이 일제히 원래의 자리로 돌아갔다.

하지만 압축되기 전의 모습을 되찾는 물체는 없었다. 건물도, 식물도, 렘런트도 하나같이 하얀색의 결정체로 변해 공간을 채웠다.

바이론의 갑옷이 해제되었다. 그의 그림자에서 나온 끈적끈적한 존재가 갑옷을 다시 삼킨 후 다시 그림자 속으로 돌아갔다.

그는 한가운데가 모래판처럼 변한 도시를 보며 미친 듯이 웃었다.

"이제 기어나와야지? 크하하하!"

바이론이 도시에 다시 돌아왔다.

렘런트들의 저항은 미약했다. 방금 그 공격 한 번에 도시 지하에 숨어 있던 렘런트들 대부분이 목숨을 잃은 상황이었다.

그 덕분에 사바신과 레디는 사상 차단기를 성공적으로 설치할 수 있었다.

[차단기를 켜라.]

바이론의 지시에 따라 도시 주변, 하늘만이 아니라 도시의 지하까지도 강력한 결계에 휩싸였다.

'쌍둥이…….'

헤라클레스는 자신과 인연이 많았던 쌍둥이 렘런트들을 회상했다.

그들만은 바이론이나 사바신, 레디에게 맡기고 싶지 않았다.

꼭 소멸시켜야 한다면 자신의 손으로 편하게 보내주고 싶었다.

하늘은 달 하나만 제외하고는 장막을 드리운 듯 컴컴했다.

렘런트의 수많은 군세는 이제 얼마 남지 않았다. 그러나 남은 것은 렘런트들 가운데에서도 정예에 속하는 존재들이었다.

도시의 북쪽 제단에서 밀려 나오는 렘런트들은 신체 구조 자체가 달랐다.

상반신에는 외골격 외피 위에 중장갑을 한 겹 더 걸치고 있었다.

하반신은 네발짐승이나 곤충의 모습 등 가지각색이었는데, 각각의 임무에 맞게 변형되었음이 뚜렷이 보였다.

바이론은 그들이 마지막으로 만난 렘런트들, 그러니까 말과 비슷한 탈것을 타고 다니는 렘런트들보다 훨씬 더 진화한 사실을 감지했다.

'이쯤에서 멈추도록 해야겠군.'

그때, 남아 있는 건물 중 하나가 우렁찬 소리를 내며 무너졌다.

돌조각들을 뚫고 올라온 것은 렘런트였다.

분위기가 달랐다. 입고 있는 녹색의 중장갑옷은 화려했고 덩치는 다른 것들의 세 배 정도는 되어 보였다.

손에 든 대검은 자루의 굵기부터가 사람이 다룰 수 있는 물건이 아니었다.

하체는 네발짐승 가운데 산양의 것과 비슷했다.

그 역시 두꺼운 중장갑에 보호되었는데, 특이하게도 뒷다리 사이로부터 복부에 걸쳐 기이한 주머니 같은 것이 달려 있었다.

[뭡니까, 저건?]

사바신이 정신감응을 통해 자신의 일행에게 대대적으로 물었다.

[아기 주머니?]

레디의 말이었다.

[그럴 리가 있겠어?]

일행과 마찬가지로 그 주머니를 유심히 지켜보던 헤라클

레스가 던지듯 의견을 냈다.

[젖통이 아닐까?]

[어…….]

그 이후 이어진 침묵은 부정이라기보다는 긍정이었다.

그 거대한 렘런트가 바이론이 만든 모래밭을 밟으며 전진했다.

“너희들, 신의 하수인인가?”

대단히 굵긴 했지만 분명 여성의 목소리였다.

“크큭, 그럼 너는? 여왕개미인가?”

각진 턱밑에 빽빽이 달린 더듬이가 수염처럼 흔들렸다.

눈은 여섯 개였다.

연녹색으로 빛나면서 따로따로 움직이는 것이 벌레를 싫어하는 레디의 비위를 자극했다.

그 렘런트의 복부, 아니, 젖통에서 흰 김이 뿜어졌다.

“난 네메시스. 원래 그런 이름으로 불렸던 것 같지만 이제는 아무래도 괜찮아. 지금에 만족하고 미래를 기대하고 있거든.”

“네메시스님?”

헤라클레스가 그 거대 렘런트, 네메시스 앞으로 뛰어나왔다.

“네메시스님, 저를 기억하십니까? 헤라클레스입니다!”

“그래, 배신자 헤라클레스.”

네메시스의 눈 여섯 개가 동시에 발광했다.

“동포를 배신하고 원래의 모습을 갖더니 이제는 신의 하수인과 함께 하게 된 건가? 정신이 완전히 나갔군.”

“정신을 차려야 할 쪽은 네메시스님이오!”

헤라클레스가 투구를 벗었다.

“날 보시오! 이것이 우리 올림포스 신족의 원래 모습이오! 그리고 네메시스님, 당신은 여신이었소! 그런 흉악한 모습은 당신의 모습이 아니란 말이오!”

“오, 여신…….”

“그렇소!”

“여신이라고 해두고, 나와 내 동포에게 뭔가 달라지는 것이 있는가?”

네메시스가 그를 비웃었다.

“지금 항복한다고 해봤자 너희들이 우리를 살려줄 리는 없을 것 같은데? 살려줄 생각이라면 뭔가 다른 수를 썼겠지.”

“…….”

“우리에게 힘을 준 존재가 우리에 대해 얘기해 줬어. 우리는 원래 멸망당한 신계의 신이었고 지금보다 더 찬란한 모습의 소유자였다고 하더군. 네가 말했듯이 말이야.”

네메시스의 눈빛에 적개심이 섞였다.

"그가 말했지. 우리가 원래 모습을 되찾아봤자 소멸당하는 것은 똑같다고 하더군."

헤라클레스는 부정하지 않았다.

"헤라클레스여, 동포에게 듣자 하니 그대는 아틀라스라는 존재에게 단검을 선물받았다던데?"

헤라클레스는 허리 뒤에 묶어둔 아틀라스의 단검을 의식했다.

"그렇소."

"나에게 정신을 차리라고 소리친 주제에 왜 그 단검을 사용하지 않지?"

"난 아틀라스가 나에게 이것을 준 목적을 알고 있소."

그가 허리에서 단검을 풀어 높이 들었다.

"아틀라스는 이것으로 과거의 영광을 재현하고자 했소. 그러나 우리는 우리 스스로 깨어난 것이 아니라 목적을 알 수 없는 누군가의 손에 의해 깨어났소. 불순한 각성은 무해한 전쟁만을 초래할 뿐이오."

"그럼 넌 왜 이곳에 왔지?"

네메시스가 물었다.

헤라클레스는 숨을 들이마셨다.

"난 단순한 사냥감으로서 그대들을 죽게 하지 않을 것이오. 비겁한 방법을 쓰지 않을 것이며 시신에 무례를 범하지도 않을 것이오. 난 처음부터 끝까지 그대들을 올림포스의 신족으로, 고대를 살아간 위대한 존재들로 여길 것이오."

그는 단검을 넣고 투구를 쓴 뒤 자신의 둔기를 들었다.

"같은 올림포스의 동포로서 그대들을 보내주려 하오."

"이기적으로 지껄이는구나."

네메시스가 방패를 들었다. 높이가 헤라클레스의 키보다 더 큰 대형 방패였다.

"네 뜻대로 죽어주진 않겠다. 우리는 우리로서, 나는 나로서 죽을 것이야."

네메시스의 대검이 움직였다.

강철과 강철의 비명이 밤하늘에 울려 퍼졌다.

네메시스의 순간적인 공격을 방어한 헤라클레스는 갑옷뿐만 아니라 자신의 골격까지 흔드는 충격에 이를 악물었다.

'힘이……!'

헤라클레스가 뒤로 비틀거렸다. 힘에서 밀린 것이다.

"네메시스여, 무슨 짓을 한 것이오!"

"난 네메시스야."

과거에 여신이었던 그 렘런트가 자신의 흉갑을 좌우로 열었다.

흉갑의 내부에서 수십 개의 눈빛이 일제히 발광했다.

자신의 과거 중 일부를 기억하는 특이한 렘런트. 헤라클레스 역시 과거에 속했었던 그 고위등급의 렘런트들이 하나가 된 채 꿈틀거리고 있었다.

"그리고 약한 자를 정복한 존재지."

다시 흉갑을 닫은 네메시스는 공격을 재개했다.

대검의 검붉은 잔광이 헤라클레스의 머리와 어깨, 가슴 쪽에서 쉴 새 없이 번뜩였다.

"쌍둥이는! 쌍둥이는 어디 있소!"

"무의식중에 먹었을지도?"

"으으음!"

네메시스의 검이 헤라클레스의 머리를 노리고 떨어졌다.

헤라클레스보다 키가 훨씬 큰 네메시스의 입장에선 그저 즐거운 공격이었다.

"협조자가 준 힘은 최고야! 이미 완성된 너는 모르겠지? 세상에 대한 끝없는 나의 복수심, 그리고 그 복수심과 함께 진화하는 그 즐거움이 어느 정도인지를!"

"이 어리석은!"

헤라클레스가 네메시스의 검을 피했다.

황금색 갑옷의 잔상은 달과 별들 사이에서 몸을 틀고 있었다.

네메시스가 즉시 방패를 들었다.

강대한 쇳소리가 방패 위쪽에서 터졌다.

다급히 막은 탓에 허리가 뒤로 젖혀진 네메시스는 반격하지 못하고 뒤로 물러났다.

모래밭 위에서 어렵사리 중심을 잡았을 때 헤라클레스는 다음 공격을 준비하고 있었다.

"그대가 아무리 사악함에 빠졌다 하더라도, 난 그대를 올림포스의 여신으로서 상대하고 끝까지 존중할 것이오!"

"끝까지!"

네메시스의 눈에서 매서운 빛이 올라왔다.

흥분한 네메시스와 헤라클레스의 싸움은 난타전으로 변했다.

스쳤을 뿐이지만 헤라클레스의 어깨갑옷과 흉갑에 크고 작은 손상이 났다.

네메시스의 갑주도 이리저리 찌그러졌지만 수복되는 속도가 상당했다.

헤라클레스의 강력한 공격을 몇 차례 방어하느라 구겨진 방패도 살아 있는 듯 재생되었다.

바이론은 헤라클레스를 가만히 구경했다.

그가 결심한 싸움에는 나서지 않기로 한 것이 둘 사이의 약속이었다.

사바신과 레디도 네메시스와 함께 나타난 렘런트들의 동향만 신경 쓸 뿐, 특별히 개입할 생각을 갖진 않았다.

네메시스가 저돌적으로 돌격했다.

헤라클레스는 두 손으로 둔기를 잡고 대응했다.

쇠와 쇠가 부딪히는 파열음이 네메시스의 검과 헤라클레스의 둔기 사이에서 터졌다.

이상한 감각이 네메시스의 손에 전해졌다.

쇳덩어리나 다름없는 대검이 파열되어 흩어졌다. 네메시스는 방패를 들고 검을 재생시키려 했다.

뛰어오른 헤라클레스의 오른팔에서 황금색 빛이 터졌다.

"여신, 네메시스여!"

빛이 그의 팔로, 그의 둔기로 바뀌었다.

허상이었으나 물리적인 특성까지 살아 있고 힘의 증폭까지 확실히 되는, 헤라클레스가 거인족들을 상대할 때 주로 사용하는 특기였다.

"올림포스의 영원 속으로 돌아가시오!"

네메시스의 몸뚱이보다 커진 둔기가 네메시스의 방패와 육체를 으깼다.

그녀의 머리부터 가슴, 하체가 헤라클레스의 힘과 둔기의 빛에 차례차례 구겨졌다.

완전히 구겨져 납작해진 네메시스의 몸이 빛줄기로 변하여 하늘로 치솟았다.

헤라클레스는 그 빛줄기 앞에서 포효하며 끓어오르는 가슴을 삭였다.

[우리 차례다.]

바이론이 사바신과 레디에게 지시했다.

셋이 동시에 렘런트들의 마지막 군세 속으로 뛰어들었다.

렘런트들의 체액과 파편이 흙먼지와 함께 공중으로 튀었다.

렘런트들이 검, 도끼, 활을 동원해 대응했다.

바이론은 진흙과 육체 조각의 밭을 원시적인 모습으로 내달렸다.

바이론의 검과 렘런트들의 갑옷 사이에서 불꽃이 날렸다.

파괴되는 렘런트의 갑옷 속에 육체들의 파편이 섞여 있었다.

"한 놈도 놓치지 마라! 모조리 죽이는 거다!"

헤라클레스는 조금 뒤에 그 살육의 현장으로 뛰어들었다.

그 황색 갑옷의 영웅은 동포들을 하나씩 칠 때마다 용서와 영원이 함께 하기를 빌었다.

그 무렵, 바이론 일행이 지나온 동굴의 입구에서 공간의 균열이 열렸다.

균열 사이로 모습을 드러낸 자는 감적색 로브와 두건으로 머리와 몸을 감춘 존재였다.

두건 안에는 가면이 있었는데, 가면의 표면에는 눈구멍이나 입 구멍 대신 두 발로 일어난 야수의 모습이 황색 빗살무늬로 새겨져 있었다.

그의 앞에 새의 무늬를 가면에 새긴 자, 비숍이 나타났다.

"급한 볼일이라는 게 이건가?"

야수 무늬 가면을 쓴 자가 고개를 끄덕했다.

"주신계에서 이곳을 알아낸 것 같더군."

"흠."

콧소리를 낸 비숍은 뾰족하게 풍화된 절벽 끝을 향해 뛰어 그 위에 웅크리고 앉았다.

"이제 이 녀석들을 통해 뽑을 수 있는 것은 다 뽑았잖아? 죽든 말든 내버려 두자고."

"그중에서 두 개체가 사라졌거든."

"두 개체?"

"주신계에서 만든 교신기의 파편을 통해서 많은 것을 알아 낸 자들이지. 반쯤 각성했다고 봐도 좋아."

"허어, 의외로군. 그것 또한 '가능성' 인가?"

비숍이 키득거렸다.

"뒤쫓을 수 있겠나?"

비숍의 물음에 야수 무늬의 가면이 다시 끄덕거렸다.

"쉽지."

"그럼 쫓아가서 녀석들을 관찰하도록 해."

"그러지."

움직이려던 야수 무늬 가면이 우뚝 멈췄다.

"비숍이여."

"왜?"

"최근 시공간의 축을 몇 번이나 비틀었던데, 그만한 일이 있었나?"

"로키가 우릴 속였어. 혼을 좀 내줬지. 나중에 죽일 거야."

비숍의 가면 무늬가 잠깐 달아올랐다.

"나중이라면, 지금은?"

"로키 녀석이 멋대로 파프니르를 풀어버렸어. 그래서 내가 놈들을 가지려고 해. 놈들은 미미르에 대한 단서를 갖고 있잖아?"

"부디 잘 생각해서 행동하길 바라네."

"후후, 볼일 보라고."

비숍과 야수 무늬 가면이 그 자리를 떴다.

CHAPTER 30
짧은 여행

"하이엘바인님."

"응?"

리오의 부름에 깜짝 놀란 하이엘바인은 숨을 크게 들이마셨다.

그녀는 벌써 40분 가까이 호흡을 하지 않고 있었다. 리오가 그녀를 부른 이유는 그 때문이었다.

무호흡으로 그 정도의 시간을 보내는 것은 그들에게 있어서 대단한 일은 아니었다. 그래도 좌절이라는 감정에 흠뻑 젖은 얼굴로 그러는 것은 사소하지 않은 문제였다.

"미안하네."

그녀가 여느 때처럼 사과했다.

리오도 여느 때처럼 한숨을 내뿜었다.

"아닙니다. 괜찮으니 편히 계십시오."

"아, 알았네."

리오는 자신이 어떤 상황에 대해 지적만 하면 사과부터 하는 그녀가 걱정스러웠다. 하지만 그녀의 그런 행동은 이미 버릇이나 마찬가지였다.

리오와 그녀, 지크, 케롤은 어젯밤 함께 식사했던 천막의 테이블에 둘러앉아 시간을 보내고 있었다.

물론 그들은 남는 시간을 즐기기 위해 앉아 있는 것은 아니었다.

어젯밤, 황금여우 부족의 왕궁에 숨어 있다가 리오에게 발각되어 달아났던 파프니르는 하이엘바인과 케롤, 지크에게 추적을 당했고 결국 지크의 손에 아주 손쉽게 처리되었다.

하이엘바인 일행은 파프니르에 대한 것을 확실히 알아보기 위해 그 생물 병기의 시신을 수거하여 가져왔다.

그러나 블랙테일 부족의 분석 과정에서 그 시신들은 별 의미 없는 유기물질의 집합체일 뿐, 힘의 원천이자 두뇌의 역할을 하는 파프니르의 '코어'는 일찌감치 빠져나간 상태임이 드러났다.

그로 인해 혼자서 파프니르를 잡았다며 즐거워하던 지크는 실망감과 허탈감에 빠졌고 코어의 탈출을 전혀 알아차리지 못했던 하이엘바인과 케롤도 죄책감에 고개를 제대로 들지 못했다.

리오는 괜찮다는 말로 그들을 위로하려 했지만 분위기는 쉽사리 해소되지 않았다.

침묵은 블랙테일 부족의 족장, 카이리가 들어올 때까지 계속됐다.

"오래 기다리셨습니다, 하이엘바인님."

천막 안으로 들어온 카이리는 리오의 맞은편에 자리를 잡고 앉았다.

"예상대로 분위기가 안 좋군요."

카이리가 하이엘바인을 보며 웃었다.

하이엘바인은 그녀를 도저히 마주 볼 수가 없었다. 부친의 원수인 파프니르를 여태껏 쫓아왔던 카이리의 심정을 어느 정도 이해하기 때문이었다.

"괜찮습니다, 하이엘바인님. 책임질 사람은 앞에 따로 있지 않습니까?"

카이리가 눈으로 리오를 지적했다.

"파프니르의 일처럼 중요한 사안에 적을 그저 때려죽이는 방법만 아는 자들을 투입한 것은 큰 실책입니다."

리오는 그녀의 지적을 인정하듯 쓴웃음을 지으며 시선을 돌렸다.

하이엘바인과 지크, 케롤은 더욱더 할 말을 잃었다.

카이리가 자신의 교신기를 테이블 위에 놓았다.

"분석조가 밝혀낸 자료입니다, 하이엘바인님."

그녀는 그 행동을 통해 리오 일행에 대한 질책을 그만두겠다는 입장을 암묵적으로 밝혔다.

교신기의 화면에서 솟아오른 빛이 어둡던 천막 안을 환하게 밝혔다. 그 빛 속에는 오늘 분석조가 밝혀낸 수많은 자료들이 샹들리에의 크리스털처럼 입체적으로 나열되어 있었다.

"파프니르의 조직 구조, 근육과 뼈의 능력, 에너지 변환 구조, 신체 변형의 원리, 감각 기관의 등급 등등입니다."

카이리는 자료들을 손으로 하나씩 건드려 크게 확대했다.

리오와 케롤은 관심있게 지켜봤고 하이엘바인은 서룡족들의 복잡한 전문용어들을 파악하느라 정신이 없었다. 안에 무슨 말이 적혀 있는지 전혀 모르는 지크는 그냥 테이블에 엎드렸다.

"서룡족을 바탕으로 해서 만들어졌다고 들었는데, 전체적으로 차이가 있네요?"

자료들을 살펴본 끝에 케롤이 안경을 만지며 말했다.

카이리가 빙긋 웃었다.

"호오, 비교가 가능할 정도란 말이야?"

그녀의 질문에 케롤이 턱시도의 옷깃을 빳빳하게 세우며 여유를 보였다.

"웃흥, 물론이죠. 전 서룡족 해부학은 항상 만점이었답니다."

"오, 만점을 맞을 정도면 실제 용족을 해부해 봤다는 말이네? 기특하기도 해라."

카이리의 미소가 조금 달라졌다.

하마터면 '그렇다' 라고 솔직히 말을 할 뻔한 케롤은 물에서 방금 건져 낸 과일마냥 식은땀을 줄줄 흘리며 고개를 가로저었다.

"이, 이론만이에요. 오해하지 마세요."

"후후. 아무튼 좋은 지적이었어. 자네 말대로 파프니르는 모든 면에서 서룡족과 차이가 있지. 용족은 자신의 신체 조직 구조를 바꿔서 모습을 달리하지만 파프니르는 주변의 물질을 변환시켜서 몸을 이루는 형식이야. 코어만 무사하다면 얼마든지 전투 형태를 갖출 수 있다는 말이지."

카이리가 마지막 자료를 건드렸다.

"운인지, 아니면 자네의 감이 맞아떨어진 것인지 모르겠지만 자네의 공격은 파프니르의 코어에 닿았네. 그것 때문에 몸을 제대로 구축하지 못한 파프니르는 몸의 형태가 뒤틀린 것을 무릅쓰고 도망쳤던 것이지."

자료를 살피던 리오가 그녀에게 눈을 돌렸다.

"재미없는 항목이 하나 보이는군요."

"음? 아, 이것 말이군."

카이리가 검지로 자료의 중간 아래를 그었다. 거기에 적힌 글자들이 크게 확대되어 모두의 눈에 들어왔다.

"숙주에 관한 문제입니다, 하이엘바인님."

"아, 말하게."

하이엘바인은 아까 살폈던 전문용어들을 머리 한편에서 정리하며 카이리의 말을 기다렸다.

"현 상황에서 최대의 문제는 어제 탈출한 파프니르가 과연 어디로 갔는가 하는 문제입니다. 솔직하게 말씀드려서 저는 그에 대한 단서가 전혀 없을 것이라 생각했습니다. 하지만 단서가 존재했습니다."

카이리가 말했다.

"파프니르의 시신에 담긴 생물학적 코드와 노블 공주의 코드가 혈족처럼 일치합니다."

"오……."

하이엘바인은 코를 찡그리며 고심했다.

지크는 그 표정이 너무 우스웠지만 미리 눈치를 챈 리오가 옆구리를 찌르며 경고를 준 덕에 머리를 긁적이며 괴로워하는 것으로 반응을 끝냈다.

지금까지 본 자료를 머릿속에서 모두 정리한 하이엘바인은 이윽고 상쾌한 표정이 되었다.

"족장이 가져온 자료에 따르자면 파프니르가 숙주를 갖는 경우는 이번이 처음인 것 같군. 어째서 황금여우 부족의 왕족을 숙주의 대상으로 삼았는지는 불명확하지만 만약 파프니르가 다시 숙주를 찾는다면 왕족의 혈통을 찾게 될 확률이 높겠지. 일단 코드가 맞으니까."

"바로 그렇습니다."

카이리가 웃었다.

"그렇다면 코어가 다시금 숙주를 찾기 위해 이곳으로 돌아올 가능성이 있다는 말씀이시군요."

리오의 질문이었다.

"그렇다면 좋겠지만 공주에게 물어보니 몇 년 전 그녀의 쌍둥이 여동생이 인접국인 회색여우 왕국으로 시집을 갔다고 하더군."

"시집이라고 하셨습니까?"

노블의 나이도 얼마 안 된다는 것을 아는 리오가 재차 묻자 카이리가 고개를 빠르게 끄덕거렸다.

"정상적인 혼인은 아닐 거야. 황금여우 왕국과 회색여우 왕국은 사이가 대단히 안 좋거든. 국력은 바다를 끼고 있는 회색여우 왕국이 훨씬 더 좋으니 인질로 잡혀간 것이나 마찬가지겠지. 아마도."

"그렇다면 그쪽으로 한번 가봐야겠군요. 이번에는 제가 가 보겠습니다."

"그러게."

카이리는 리오 한 명만 보내는 것이 나을 거라 판단하여 말을 거기서 끊으려 했다. 몇 명이 우르르 몰려가는 것보다 이런 일을 꾸준히 전담해 온 자 한 명으로 깔끔하게 처리하는 것이 더 낫기 때문이었다.

"나도 가겠네!"

하이엘바인이 책임감에 못 이겨 손을 번쩍 들었다.

지크도 손을 들었다. 그러나 그가 들은 것이 아니라 하이엘바인에게 붙잡여 올리고 있었다.

"우리는 책임을 져야 하네!"

'우리' 라는 말을 들은 케롤은 가만히 있을 상황이 아니라는 것을 알고 어설프게 손을 올렸다.

"잠깐 여유를 갖도록 하지요."

카이리가 자신의 교신기를 거두었다. 자료 화면이 꺼지면서 천막이 어두워졌다.

"하이엘바인님, 다음 이야기는 저녁 식사를 하며 나누도록 하지요. 제가 주둔지에서 가져온 특별한 고기로 대접하겠습니다."

"괜찮겠나?"

하이엘바인이 걱정했다.

"파프니르의 코어가 정말로 노블 공주의 동생을 노린다면 지체할 시간이 없네. 한시라도 빨리 그녀의 안전을 확보해야 함이 옳지 않나?"

"회색여우 왕국에는 괜찮은 부하들을 파견해 놨습니다. 식사 한 끼 정도는 안심하시고 하셔도 괜찮습니다."

"그, 그런가?"

왠지 모를 어색함이 천막 안에 흘렀다.

저녁 식사 자리는 큰 모닥불 옆에 마련되었다.

원래는 루이체와 쑤밍이 고기를 굽기로 했지만 케롤이 서둘러 그들을 저지한 덕에 새까맣게 탄 고기를 먹어야 하는 참사는 일어나지 않았다.

식사 내내 상의를 한 끝에 회색여우 왕국으로 갈 사람들이 정해졌다.

리오와 하이엘바인, 쑤밍은 간단하게 장비를 챙긴 뒤 노블을 데리고 서둘러 도시를 떠났다.

그들이 불편함을 감수하고 노블을 데려가는 이유는 동생을 만나고 싶다는 노블의 개인적인 요청도 있었다.

하지만 실제로는 파프니르 코어를 유인하기 위한 일종의 미끼였다.

그녀를 미끼로 삼자는 제안은 카이리가 내놓았다.

리오는 내심 그녀의 의견에 동의했다.

여태까지 내놓은 추리가 모두 맞는다고 가정할 때 코어가 다시 나타날 확률을 높이기 위한 최고의 방법은 그것이었다.

그러나 그는 하이엘바인이 어떻게 반응할지 걱정되어 당장 대답을 내놓지 않았다.

뜻밖에도 하이엘바인은 카이리의 제안을 받아들였다.

리오는 '전설'인 그녀가 '현실'에 점점 적응해 가는 것 같아 마음이 착잡했다.

지크와 함께 그들을 배웅한 루이체는 두 팔을 머리 위로 펴고 가벼운 스트레칭을 했다.

"아, 파프니르 문제가 이상하게 걸리네. 왜 이렇게 일이 꼬이지?"

"우리 일치고 안 꼬이는 게 없잖아?"

지크가 말했다.

"너희들 일도 그렇고, 내가 여기로 날아와 버린 것도 그렇고, 또 하이엘바인님의 현장 수습에 맞춰서 이런 큰일이 터진 것도 그렇고."

"옛 신들이 무더기로 나타난 것도 있고, 하이엘바인님의 옛 부하들이 하필이면 이 세계에 잠들어 있던 것도 있고."

루이체가 웬일로 지크의 말을 거들었다.

"복잡하네, 오빠."

"그러게, 동생."

드물게 의견 일치를 본 남매는 숙소로 쓰는 천막 쪽으로 걸어갔다.

"리오 말인데, 괜찮아?"

지크가 정색을 하고 물었다.

"괜찮냐니?"

"기억 말이야."

"아!"

루이체도 정색을 했다.

그녀는 구름 때문에 별이고 달이고 아무것도 보이지 않는 하늘 저편을 잠깐 봤다가 난민촌 여기저기서 타고 있는 모닥불 쪽으로 눈을 돌렸다.

"이제 거의 완전한 것 같아. 나와 쑤밍을 만난 후의 일은 자연스럽게 기억하고 있었어."

"그럼 그전의 일은?"

"그건 물어본 적이 없어. 비서관님도 그 이전의 일은 아직 거론하지 않는 게 낫다고 하셨거든."

"그렇구나."

지크가 한숨을 쉬었다.

"뭐, 조만간 괜찮아지겠지."

"응."

루이체의 발걸음이 차츰 느려졌다. 지크는 뒤처진 동생 쪽으로 고개를 돌렸다.

"정말 괜찮아지겠지?"

그녀가 물었다.

지크가 보는 앞에서, 루이체는 아랫입술을 깨물고 감정을 억눌렀다.

"다시 오빠의 이름을 제대로 기억해 주겠지?"

그녀의 손이 파르르 떨렸다.

"목소리가 커."

동생을 제지한 지크는 진지했다.

그는 주변을 슥 둘러본 뒤 루이체의 어깨를 토닥거렸다.

"쑤밍한테 미안하지도 않아? 그 애는 아직도 자기 스승을 그냥 리오라고 알고 있어. 그런데 네가 여기서 얘기를 꺼내면 어떡해?"

"미안."

루이체는 손으로 자신의 입을 누르듯 막았다.

“자자, 걱정하지 마.”

지크가 엄지를 내밀며 미소를 지었다.

“내가 리오랑 슈렌 몫까지 열심히 할게. 나, 이젠 할 수 있다고.”

“헤에, 자신감 좀 찾았나 보네? 얼마 전까진 넋 놓고 돌아다녔잖아?”

루이체가 자신의 눈가를 훑으며 웃었다.

“조금 괜찮아진 거야.”

“못 미덥네.”

말 못할 상처가 다시 열린 탓인지 둘의 대화에는 깊은 친근함이 배어 있었다.

“너랑 나만 남았다고 생각하지 마. 다시 셋이 됐고 조금만 참으면 넷이 될 거야.”

“…….”

“믿어보자고.”

“응.”

지크는 리오가 자주 하듯 동생의 머리를 쓰다듬어 주었다.

둘이 다시 숙소로 걸음을 옮겼다.

*　*　*

리오와 그 일행은 낮은 고도로 아주 서서히 비행했다.

그들은 자신들의 기운이 노블의 기운을 넘어서지 않는 범위에서 힘을 조절하고 있었다.

밤새 노블을 등에 업은 쑤밍은 힘 조절에 지친 듯 거친 숨을 내쉬었다.

구불구불한 계곡을 통과하여 바다와 도시가 보이는 장소에 도달한 일행은 이윽고 리오의 지시에 따라 아래로 내려갔다.

"목적지가 보이던데 갑자기 왜 내려가자는 것인가?"

"흥미로운 것이 보이더군요."

하이엘바인의 질문에 대답한 리오는 목소리를 줄이자는 수신호를 그녀와 쑤밍에게 보냈다.

리오와 하이엘바인이 먼저 숲 속에 착지했다. 쑤밍은 노블이 깨지 않도록 나뭇잎들을 이리저리 피해 깃털처럼 착지했다.

하이엘바인이 인상을 찡그렸다.

"피 냄새가 진하군."

숲 속에는 피비린내가 가득했다. 냄새가 워낙 지독했기에 쑤밍의 등에서 편히 자고 있던 노블의 표정까지 본능적으로 구겨졌다.

방금 뜬 신선한 아침 햇살이 안개를 가로지르는 가운데, 리오와 그 일행은 숲 속에 잔뜩 깔린 시체들을 발견했다.

리오는 덤덤한 얼굴로 주변의 시체들을 돌아봤다.

쑤밍은 시체 냄새가 노블을 자극하지 못하도록 보호막을 펼쳤다.

그리고 하이엘바인은 불편한 표정으로 탄식했다.

"제대로 된 시체가 없군."

숲은 사체의 뼈, 가죽, 내장과 같은 잔해로 끔찍하게 어질러져 있었다.

"날붙이에 잘린 흔적이 없군. 그렇다고 짐승들에게 당한 것 같진 않네만?"

하이엘바인은 신발을 신고 있는 뼈를 들어 이리저리 살펴봤다.

"이제부터 풀어보지요."

리오는 쑤밍에게 다가가 공주를 받아 들고는 그녀를 하이엘바인에게 들이밀었다.

"쑤밍과 함께 살펴볼 테니 공주님을 잠시 부탁드리겠습니다."

"응? 아, 잠시만 기다리게."

하이엘바인은 뼈를 집어 던진 뒤 손을 옷에 문질러 닦고 노블을 품에 안았다.

거기서 리오의 표정이 조금 이상해졌다.

"음……."

스승의 그 소리에 의아해한 쑤밍은 하이엘바인 쪽으로 고개를 돌렸다.

그녀의 표정도 스승처럼 이상해졌다.

"색다르게 안으시는군요."

리오의 감상 그대로, 하이엘바인은 작은 몸집의 노블을 마치 통나무를 안아 드는 사람처럼 불편하게 껴안고 있었다.

"으, 으음……."

하이엘바인이 난처해했다.

"너무 부담스러워하시지 마시고 아기 엄마들처럼 편하게 안으십시오."

그는 하이엘바인에게 다가가 그녀의 자세를 교정해 주었다.

"이렇게, 또 이렇게. 예, 됐습니다."

"아, 그냥 평범하게 안으면 되는군."

그녀가 활짝 웃었다.

리오는 하이엘바인이 자신에게 일부러 지적을 받기 위해 무리수를 두는 것이 아닐까 생각해 봤다.

"쑤밍, 이쪽으로 와봐."

리오는 방금 전의 일을 털어내듯 머리를 흔들며 제자를 불렀다.

"예, 스승님."

리오가 쑤밍을 인도한 곳은 사체들의 한가운데였다.

"이 현장에 대해서 의견을 말해봐."

일종의 시험이었다.

쑤밍은 집중하여 사체들을 살펴봤다.

잔해가 널브러진 상태, 뜯겨진 흔적, 뼛조각 등등, 자신이 리오에게 배운 지식들을 총동원했다.

"앗?"

머릿속에서 살해의 흐름을 조립해 보던 그녀가 깜짝 놀랐다.

생각지도 못한 부분에서 벽에 부딪혀 버린 것이다.

혼란에 빠져 버린 그녀는 넋 나간 듯 서 있기만 했다.

"설명해 줄게."

리오는 제자의 머리를 쓰다듬어 주었다. 그 모습이 하이엘바인의 눈에 뚜렷이 잡혔다.

그녀의 시선을 느끼지 못한 리오는 제자를 보며 아무렇지 않게 말했다.

"이들은 모두 수인족이야. 털이 회색인 것으로 봐서 회색여우 왕국의 사람들이겠지. 옷 상태와 무기류를 봐서는 군인이 확실해."

그는 숲 건너편을 손으로 가리켰다.

"안개에 가려서 잘 안 보이지만 산길이 있어. 그냥 굶주린 존재에게 습격당했다면 저기서 죽었겠지만 이들은 여기까지 일부러 와서 죽었어. 저쪽에서 이쪽으로 이어진 발자국이 보이지?"

"예, 스승님."

"그런데 이들을 잡아 뜯은 존재의 흔적은 여기에 없어. 아무리 몸집이 작은 수인이라 해도 몇 명인데, 이들을 단숨에 조각내려면 그만큼 큰 힘을 뒷받침하기 위한 장소가 필요해. 하지만 여긴 발자국조차 없지. 어떻게 된 걸까?"

"저도 그게 궁금하지 말입니다."

쑤밍이 부딪힌 벽은 바로 그것이었다.

"저길 봐."

리오는 손가락으로 머리 위쪽을 가리켰다. 그에 따라 쑤밍과 하이엘바인 모두 고개를 들었다.

지붕처럼 촘촘하게 겹쳐진 나뭇잎들 사이로 좁은 터널이 보였다.

나뭇잎, 가지 등이 예리하게 잘려 나가면서 만들어진 그 긴 터널은 하늘로부터 그들이 밟고 있는 땅을 향해 정확히 뚫려 있었다.

"저곳을 통해 들어와서 덮친 거야."

"예?"

"우리가 황금여우 왕국에 도착하기 전에 만났던 파프니르, 기억하지? 그 파프니르는 음식물을 자신이 섭취할 수 있는 에너지로 바꿨어. 저 나뭇잎과 가지들의 단면을 보면 물리적인 수단으로 잘려 나간 게 아니라는 것을 알게 될 거야."

쑤밍은 리오의 말대로 나뭇잎들의 단면을 살펴봤다. 분명 잘린 것은 맞지만 타격을 받아 찢어지거나 베인 흔적은 없었다.

"우리가 쫓고 있는 것은 손상을 입은 파프니르의 코어야. 저기에 구멍을 내는 것까진 성공했지만 문제가 있어서 수인들까지 깨끗하게 먹진 못했겠지. 이것만으로 파프니르의 코어가 틀림없이 이곳을 지났다고 하긴 그렇지만 확률은 높아."

"아아."

쑤밍은 위쪽까지 살피지 않은 자신이 미웠다.

리오는 좌절하는 제자의 머리를 만져 주는 것으로 응원을 대신했다.

"으음……!"

하이엘바인의 품에 안겨 있던 노블이 기지개를 켰다. 노블에게 지금 자신들이 있는 장소를 보여주기가 그랬던 리오 일행은 도망치듯 그 자리를 벗어났다.

시체들이 있는 곳에서 한참을 벗어난 일행은 잠시 쉴 겸 쑤밍이 미리 봐뒀던 작은 폭포에 도달했다.

폭포는 투명한 물과 숯처럼 까만 바위의 모양새가 아담하면서도 잘 어울렸다.

빨간색의 작은 열매가 맺힌 수풀들은 경치의 정점을 찍었다.

일행은 폭포가 잘 보이는 나무 그늘 아래에 리오의 망토를 넓게 편 뒤 그 위에 앉았다.

쑤밍은 스승의 망토에 감히 앉을 수 없다는 입장을 보여 리오를 난처하게 했다.

일어날 것 같았던 노블은 하이엘바인의 움직임이 잦아든 탓인지 다시 잠들었다.

리오는 폭포와 나무 사이를 지나 자신에게 다가오는 시원한 바람을 기분 좋게 들이마셨다.

"이렇게 있으니 어렸을 때 생각나지 않아?"

리오의 질문에 망토 밖에 쪼그리고 앉아 있던 쑤밍이 부끄럽게 웃었다.

"그때 배웠던 것들이 제일 재미있었지 말입니다."

노블을 여전히 안고 있는 하이엘바인은 그들의 대화에 흥미를 느꼈다.

"무엇을 배웠느냐?"

하이엘바인이 묻자 쑤밍은 시선을 위쪽으로 하고 그때를 떠올려 봤다.

"텐트를 치는 법, 땅을 파서 은신처를 만드는 법, 빗물과 바람을 막는 법, 짐승들이 다니는 길을 알아내는 법, 뱀과 짐승들을 사냥하는 법, 그들을 먹는 법, 날씨를 맞히는 법, 야생 곡식을 얻는 법, 물이 없는 곳에서 물을 구하는 법 등등이지 말입니다."

"참으로 즐거운 생존 훈련을 했구나."

뭔가 미묘한 느낌의 감탄이었다.

"원래는 호신술만 가르치려고 했지요."

리오가 회상하듯 말했다.

"하지만 그러기에는 쑤밍의 재능이 너무 좋았답니다. 자신이 배운 것을 어떻게든 체득하기 위해 노력하는 자세도 좋았지요."

"음, 알 것 같네."

쑤밍의 재능과 실력을 아는 하이엘바인은 고개를 끄덕거렸다.

노블이 잠결에 몸을 비틀자 하이엘바인은 자신도 모르게

노블의 엉덩이를 토닥거렸다. 칭얼거리는 아이를 달래는 엄마의 자세였다.

"하지만 제가 틀렸다는 사실을 알게 된 순간 때는 늦어 있었죠."

쑤밍이 움찔했다.

하이엘바인도 의아해했다.

"쑤밍을 가르친 것을 후회한단 말인가?"

"그건 후회하지 않습니다. 임무와 관계없이, 제 의지에 따라서 한 일 가운데 가장 보람된 일이라 자부하지요."

스승의 대답에 쑤밍은 뜨끔했던 가슴을 쓸어내렸다.

"그렇다면 자네의 무엇이 틀렸다는 말인가?"

"당초 목적에서 벗어나 버렸죠. 쑤밍은 단순히 몸을 지키는 범위에서 벗어나 임무라는 것을 맡을 수준까지 강해졌습니다."

"임무를 맡는 것은 그만큼 인정을 받았다는 뜻이고, 또 명예로운 일이 아닌가?"

하이엘바인은 이해할 수 없다는 얼굴이었다.

쑤밍은 자신이 하고 싶었던 말을 시원하게 말하는 그녀가 너무도 존경스러웠다.

리오는 말하기에 앞서 눈을 감았다. 자신의 옆을 바삐 따라다니던 쑤밍의 어린 모습이 폭포 소리와 함께 그의 기억 속에서 되살아났다.

“임무란 것은 명예이기도 하지만 죽을 수도 있음을 전제로 하죠.”

“그거야 당연하지 않은가?”

그것은 하이엘바인이라는 존재를 정의하는 말이기도 했다.

리오는 고개를 저었다.

“저는 죽을지도 모를 일을 요만한 어린아이에게 가르친 겁니다.”

그의 말에 하이엘바인은 물론 일부러 폭포에 시선을 두고 있던 쑤밍의 표정까지 달라졌다.

“제가 그 사실을 깨달았을 때 쑤밍은 이렇게 커서는 저와 비슷한 자세로 검을 휘두르고 있었습니다. 그때는 정말 시간을 되돌리고 싶더군요. 그것밖에는 방법이 없었거든요.”

“자네는 방금 전에도 쑤밍을 가르치지 않았나?”

하이엘바인이 질문했다.

쑤밍은 스승 쪽을 바라볼까 하는 마음을 품었다. 하지만 지금 스승을 마주 보는 것은 예의가 아니라는 생각에 그만두었다.

아니, 그보다는 여자로서 지금의 표정으로 그의 얼굴을 볼 자신이 없었다.

"사실 가르치는 것은 오래전에 그만두었습니다."

리오는 돌아앉아 있는 쑤밍의 뒷모습을 봤다.

지금의 앉은키가 처음 만났을 때의 키였다. 도중에 어떻게 컸는지는 기억나지 않았다.

아까 말했던 그대로, 정신을 차려보니 어른이 되어 있었다.

"지금은 그냥 아저씨의 참견이죠."

그 이후 노블이 깨어날 때까지 아무도 말을 꺼내지 않았다.

잠에서 깨어난 노블은 눈을 다섯 번 정도 비빈 끝에 자신이 폭포가 보이는 숲에 있다는 사실을 깨달았다.

"여긴……?"

"회색여우 왕국의 근처입니다."

리오가 대답했다.

"아침 식사를 싸왔으니 괜찮으시다면 간단히 드시지요."

마침 배가 고팠던 하이엘바인에게는 반가운 말이었다.

"알았네."

대답한 노블은 이내 얼굴을 찡그렸다.

"어딘가 불편하신 점이라도 있으십니까?"

"세수를 하고 싶은데…… 어차피 무리일 테니 참겠네."

일어나자마자 따뜻한 물에 세수를 하는 것이 버릇이 된 노블에게는 찝찝한 상황이었다.

"그다지 무리는 아닙니다."

리오가 웃으며 일어났다.

"모시겠습니다."

그는 노블의 여행용 신발을 그녀 앞에 손수 가져다 놓았다.

"그럼 부탁하지."

둘이 함께 폭포의 상류로 걸어갔다.

만약을 위해 싸온 빵과 휴대하기 좋은 요리들이 쑤밍의 가방에서 차례차례 나왔다.

쑤밍은 음식들을 리오의 망토 위에 보기 좋게 놓았다.

리오의 에스코트를 받으며 걸어가는 노블을 부러운 눈초리로 바라보던 하이엘바인은 문득 쑤밍의 표정을 보고 의아해했다.

"매우 기쁜 얼굴이로구나?"

"아, 하하."

쑤밍이 부끄럽게 웃었다.

"어렸을 때 생각이 나서 말입니다. 스승님께서는 아침에 제가 정신없어할 때마다 손수 얼굴을 씻겨주셨지 말입니다."

"그렇구나."

"하지만 조금 자란 후에는 절대로 안 해주셨지 말입니다."

"저런."

하이엘바인의 코밑으로 한숨이 쏟아졌다.

"가끔은 저 친구의 속을 모르겠구나. 남을 상당히 생각해 주는 것 같으면서도 일정한 선은 꼭 지키고, 이 정도면 괜찮겠지 싶은 부분은 또 쓸데없이 참견하고. 이상하지 않느냐?"

"그렇지 말입니다!"

쑤밍이 눈을 부릅떴다. 갑작스런 표정 변화에 하이엘바인이 깜짝 놀랐다.

"꼭 그렇게 참견하시다가 아무 여자들에게 오해를 사서 곤란을 겪으시지 말입니다! 제가 한두 번 본 게 아닙니다!"

"그, 그러냐?"

하이엘바인이 당황했다.

"그런데 그 오해를 살 행동이라는 것이 구체적으로 무엇이냐?"

"그러니까……."

쑤밍의 표정이 조금 이상해졌다. 막상 생각을 해볼까 하니 잘 떠오르지 않아서였다.

"아무튼 매우 화가 났습니다! 스승님과 같이 다닐 때마다,

항상!"

"오오."

하이엘바인은 지금 그녀가 매우 솔직하게 이야기하고 있음을 느꼈다.

"사실 나도 화가 난단다."

"예?"

쑤밍이 의아해했다.

"그 친구, 무슨 일이 있을 때마다 너와 루이체의 등이나 어깨, 머리 등을 항상 토닥거리거나 만져 주지 않느냐? 잠도 한 텐트에서 함께 자고 말이다."

"그렇습니다만……."

"그런데 왜 나에겐 그러지 않는 것이냐?"

쑤밍의 심장이 뜨거워졌다.

"네?"

"여태껏 딱 한 번 머리를 만져 주더구나! 이런 못된!"

하이엘바인이 투덜거렸다. 그리고 쑤밍의 심장은 아예 불덩어리로 바뀌었다.

"하, 하이엘바인님과 같은 분을 스승님께서 감히 어찌……."

"차별을 둘 이유가 없지 않느냐?"

쑤밍의 속을 털끝만치도 모르는 하이엘바인은 목소리를

키웠다.

"너희들이 그 친구의 동생이자 제자인 것처럼 나 역시 그 친구의 후배가 아니더냐? 게다가 전우이고!"

"좀 다른 문제라고 생각합니다만……."

"음, 아무튼 참으로 야속하더구나."

쑤밍은 '야속' 이라는 단어가 자신에게 이토록 자극적으로 다가올 줄은 꿈에도 몰랐다.

그 자리에서 그녀는 하이엘바인을 곤란한 사람 중 한 명으로 확실히 새겨놨다.

* * *

숲을 벗어나 회색여우 왕국의 수도 인근에 도착한 리오 일행은 길을 걷던 도중 검은 옷을 입은 청년과 만났다.

"리오님이시군요."

"블랙테일 부족인가?"

"그렇습니다. 족장님께 리오님에 대한 말씀을 들었습니다. 어서 오십시오."

그 청년이 용족이고 블랙 드래곤 부족이라는 것은 시야에 들어왔을 때부터 알아차린 사실이었다.

그래도 확인은 필수였다. 하이엘바인은 지금 자신이 본 대화 방식을 잘 기억해 두기로 했다.

“자네 혼자인가?”

“두 명이 더 있습니다. 한 명은 도시 상공에 있고 다른 한 명은 도시 주변을 돌며 살피고 있습니다.”

리오는 그가 말한 지점을 살펴봤다. 투명화 마법으로 모습을 감춘 성년기의 드래곤 둘이 임무를 충실하게 수행하고 있었다.

“오는 도중에 파프니르 코어에게 죽은 것으로 보이는 수인들을 목격했네. 혹시 목격한 것이 있나?”

“아직 없습니다.”

“자네들이 놓쳤을 가능성은?”

“저희 셋은 모두 감각 강화 수술을 받았습니다.”

청년의 말은 쑤밍을 놀라게 했다.

‘조약 위반에 앞서 수명을 줄이는 일인데…….’

그가 모르고 수술을 받았을 리는 없었다. 쑤밍은 블랙테일 부족의 결의를 카이리에게 들어서 알기에 입도 뻥긋하지 않았다.

“그럼 우리는 도시 안으로 들어가겠네. 일이 생기면 바로 연락해 주게. 정신감응을 열어두도록 하지.”

“알겠습니다.”

위로 뛰어오른 청년은 투명화 마법을 사용한 채로 드래곤의 모습을 갖췄다.

쑤밍은 같은 용족으로서 그 기술이 얼마나 어려운 것인지 잘 알기에 조용히 감탄했다.

일행이 성문 근처까지 이동했다.

노블은 도시에 들어가기 전에 후드가 달린 흰색 로브로 머리와 꼬리 등을 감췄다.

"이런 변장으로 정문을 통과할 수 있을지 모르겠군."

노블이 걱정되어 말하자 하이엘바인이 그녀 앞에 팔짱을 끼고 토템처럼 딱 멈췄다.

"무슨 짓이오!"

하마터면 그녀와 부딪힐 뻔했던 노블은 화를 버럭 냈다.

하이엘바인 역시 좋은 표정은 아니었다.

"공주야말로 무슨 생각이오? 그대는 동생을 만나러 온 언니이자 한 나라의 책임자라오. 왜 떳떳하게 모습을 드러내지 못하는 것이오?"

노블은 어이가 없었다.

"우리와 회색여우 왕국은 적대국이란 말이오! 적대국의 한가운데에서 얼굴을 내밀고 다니는 책임자가 어디 있소?"

"공주는 혼자가 아니지 않소?"

하이엘바인이 자신과 리오, 쑤밍을 차례로 훑듯이 가리켰다.

"우리들이 그대를 지켜줄 것이오."

그때, 쑤밍은 지금 하늘에서 임무를 수행 중인 블랙테일의 청년들이 일제히 자신들 쪽을 바라봤음을 느꼈다.

리오는 쑤밍보다도 더 창피했다.

"하이엘바인님."

"왜 그러나?"

"세 명이 공주 한 분을 지키는 것도 꽤 큰 문제입니다."

"셋이서 모두 물리치면 되지 않나?"

리오는 어떻게 말을 돌릴까 하다가 여태까지 알고 지낸 기간도 있고 하니 그냥 정직하게 말하기로 했다.

"뒷감당이 안 됩니다."

"그건 자네가 어떻게 좀……."

"못합니다."

리오는 단호했다.

매몰차게 거절당한 하이엘바인의 어깨가 축 처졌다. 노블과 쑤밍이 그녀를 토닥이며 위로했다.

"일단 도시 안에 들어가기만 하면 문제는 없을 것 같습니다. 이곳은 수인족만이 아니라 인간도 많이 보이는군요."

리오가 말했다.

"회색여우 왕국은 인간에게도 항구를 개방한다네. 이용료는 비싸지만 인근에서 해류에 대한 걱정 없이 배를 정박시킬 수 있는 항구는 이곳밖에 없지. 이곳이 우리 왕국과 회색여우 왕국의 차이라네."

노블이 설명을 보탰다.

"우리도 이들에게 뒤처지지 않으려면 개방을 해야 할 텐데, 니블헤임의 눈치를 봐야 하는 입장이라 그럴 수가 없다네."

짧게 한탄한 공주는 고개를 한 번 짧게 흔들고는 정색을 했다.

"지금은 동생이 우선이네. 어서 들어가세."

노블이 리오에게 두 팔을 활짝 벌렸다. 안고 가라는 뜻이었다.

그녀를 쑤밍이 덥석 안아 올렸다.

"제가 모시겠습니다, 공주님."

쑤밍이 환하게 웃었다.

노블은 황당했지만 쑤밍의 미소가 어딘지 모르게 무서웠기에 그냥 가만히 있었다.

일행은 공주를 옆에 끼고 성벽을 넘어 검문을 피했다.

거리는 복잡했다.

항구를 낀 무역도시답게 인파가 많은 것은 물론 종족도 다양했다.

사람들 틈으로 자연스럽게 섞인 리오 일행은 우선 거리의 으슥한 곳으로 숨어든 후 다음 일을 논의했다.

"바로 동생분을 만나시겠습니까?"

"가능하다면 그리하고 싶네."

"그렇다면 여기서부터는 제가 모시겠습니다. 하이엘바인 님은 쑤밍과 함께 도시 이곳저곳을 살펴주십시오."

"그러겠네."

맑은 은발의 하이엘바인은 자신에게 맡기라는 듯 두 손을 허리에 댄 채 어깨를 활짝 폈다.

"자네에게 여태까지 배운 것들을 응용할 때가 왔군."

그녀는 기대하고 있었다. 리오는 그녀를 보고 웃는 한편, 쑤밍에게 몰래 정신감응을 사용했다.

[알았지? 네가 다 해야 돼.]

[집중하겠습니다!]

쑤밍은 비장했다.

리오가 노블과 함께 거리 쪽으로 걸어갔다.

도시에는 아침이라는 시간에 맞지 않게 쨍한 햇볕이 내리쬐고 있었다.

처마와 처마 사이로 들어오는 빛이 리오와 노블의 머리 위에 선명하게 떨어졌다.

그들이 나간 뒤 하이엘바인과 쑤밍이 이어서 거리를 나갔다.

그때까지만 해도 분위기는 괜찮았다.

거리는 시끄럽지만 평화로웠고 도시의 병사들은 시간을 때울 궁리만 하느라 리오 일행의 모습에 눈길조차 주지 않았다.

하이엘바인과 쑤밍은 관광객처럼 대놓고 돌아다녔다.

처음에는 쑤밍이 솔선수범하여 시선이 잘 닿지 않는 곳으로 동선을 맞췄다.

하지만 장사꾼들이 전시하고 있는 다채로운 잡화들에 시선을 빼앗기면서 쑤밍의 정신도 풀어졌다.

길을 가는 도중 하이엘바인과 쑤밍은 한 무리의 기병대와 만났다.

몸집이 작은 말 위에 인형처럼 앉아 있는 수인들의 모습은 그들의 눈을 단숨에 사로잡았다.

그 회색여우 부족의 수인들은 갑옷 대신 제법 멋이 나는 붉은색 제복을 착용하고 있었다.

손에 들고 있는 장창은 그들의 몸집에 맞지 않게 컸지만 말의 안장에 연결이 되어 있어서 손에 힘이 들어가 있진 않았다.

걸음을 늦추고 기병대의 행진을 보던 하이엘바인이 쑤밍에게 넌지시 물었다.

"창의 구조가 참 신기하구나."

“안장과 연결이 되어 있지 말입니다.”

창은 연결 구조상 위아래로만 움직일 수 있었다. 그 모습이 쑤밍의 눈에는 영 불편하게 보였다.

“저 상태로 어떻게 싸우는지 잘 모르겠습니다.”

“아무래도 허세로 보이는구나.”

하이엘바인의 예상대로 인파를 불편하게 하며 행진하는 그 기마대는 전투용 부대가 아니라 회색여우 왕국의 국력을 어떻게든 보여주기 위한 전시용 부대였다.

회색여우 왕국의 주 세력인 회색여우 부족은 황금여우 부족과 마찬가지로 신장과 몸집이 작았다.

그래서 군사적으로 다른 종족이나 국가에게 무시를 당하는 경우가 많았는데, 항만 시설 이용비와 무역 중개료를 통해 큰 부를 축적하고 있는 회색여우 왕국은 군사적으로도 자존심을 세우기 위해 온갖 노력을 다했다.

지금 하이엘바인과 쑤밍이 구경하고 있는 기병대는 그 노력의 쓸데없는 일부였다.

“정치라는 것은 역시 골치 아픈 문제로구나.”

하이엘바인이 저편으로 멀어지는 기병대를 보며 중얼거렸다.

“신들의 고민이나 갈등은 상당히 개인적인 경우가 많았단다. 세력끼리의 다툼은 종말에 근접하는 결과를 낳기 때문에 잘 일어나지 않았지. 용족은 어떠냐? 블랙테일 부족의 경우만 보더라도 사정이 꽤 복잡한 것 같더구나."

"그 점이 저도 아쉽지 말입니다."

"어떤 면에서?"

"우리 전하 말입니다. 지금은 꼭 정치라는 이름의 감옥에 갇혀 계신 것 같아서 마음이 아프지 말입니다."

쑤밍의 순진한 대답에 하이엘바인이 미소를 지었다.

"태어날 때부터 권위를 물려받는다는 것은 항상 그렇단다. 좋아서 할 수 있는 일이 아니지."

"음……."

"지금의 용제님만 그런 것이 아니란다. 실은 제왕의 시련을 겪기 위해 나를 찾아온 모든 용제님들이 그러한 고민을 갖고 계셨지. 그러니 쑤밍은 그분을 항상 응원해 드리려무나. 이겨내실 수 있게 말이다."

"예, 하이엘바인님."

쑤밍의 목소리엔 아쉬움이 섞여 있었다.

지나가던 둘의 눈에 각종 과일을 조합하여 특별한 요리를 만드는 가게가 보였다.

유리창 하나를 사이에 두고 전시된 그 과일 요리는 꽃처럼 화려할 뿐만 아니라 그 위에 얹어진 하얀 시럽은 자신이 틀림없이 상큼하고 달콤할 것임을 적나라하게 드러냈다.

"오……."

하이엘바인과 쑤밍 모두 전시용 창문에 달라붙듯 접근했다.

"이곳을 조사해 보지 않겠느냐?"

"음식물도 꼼꼼히 조사하지 않으면 안 되지 말입니다!"

둘은 뒤도 안 돌아보고 가게 안으로 들어갔다.

그때부터 하이엘바인과 쑤밍의 겁없는 식사가 시작됐다.

하이엘바인은 경이적인 먹성으로 다른 손님들을 압도했다.

평소에 음식을 조절하는 편인 쑤밍 역시 이번만큼은 용서 없는 손짓으로 과일들을 입에 넣었다.

"단것을 좋아하십니까?"

"여태껏 몰랐다만 그런 것 같구나."

테이블을 사이에 두고 마주 앉은 둘의 얼굴이 취기에 가까운 미소로 젖어들었다.

"아아, 스승님과 함께 다니면 이런 것들을 쉽게 먹을 수 없지 말입니다."

"어째서?"

"스승님 혼자 안 드시니 무안해서 말입니다."

"불쌍한 사내로구나."

과일을 시럽 위에 빙빙 돌려 색칠한 뒤 한입에 삼킨 둘은 다시 행복해졌다.

"기념으로 모습을 남겨야겠지 말입니다."

그녀가 교신기를 꺼내더니 앞에 놓인 음식의 사진을 찍었다.

본래는 증거를 취득할 때 사용하는 기능으로써 사적인 목적의 사용은 원칙적으로 금지였다.

그러나 교신기를 사용하는 종족 가운데에서 그 원칙을 지키는 자는 많지 않았다.

주신계와 서룡족, 악신계는 공통 규격으로 교신기를 제작하여 사용하기 때문에 모습과 내구성은 조금 다르더라도 기능과 성능, 조작 체계는 거의 동일했다.

그래서 상호간의 대화는 물론 자료의 공유도 간단한데, 서로가 찍은 사진과 영상을 비교하며 수다를 떠는 것은 유행이 된 지 오래였다.

"루이체에게 보여줘야겠습니다!"

쑤밍이 즐거워했다.

이곳에서 다시 만난 후 그녀가 그렇게 소녀처럼 즐거워하는 모습을 처음 보는 하이엘바인은 열심히 교신기를 조작하는 쑤밍을 넌지시 바라봤다.

"어떻게 하는 것이냐?"

하이엘바인은 교신기의 기능을 전혀 몰랐다.

실물은 휀을 통해 지급받은 현재의 기계로 처음 경험했다.

그동안 일이 바삐 진행되느라 리오에게 물어볼 상황도 아니었다.

그녀는 교신기 앞에서 맹인이나 다름없었다.

“네가 리오의 모습과 영상을 몰래 찍었다는 얘기를 들었을 때도 사실 무슨 소린지 전혀 몰랐단다.”

“아…….”

그때 일을 떠올린 쑤밍은 얼굴을 붉힌 채 난감해하다가 그녀의 옆자리로 옮겨 앉았다.

“우선 이걸 누르시고 이렇게 옮기신 다음에…… 예, 화면을 맞추시고 이걸 누르시면 되지 말입니다.”

“오오.”

하이엘바인의 파란 눈이 신비를 경험함으로써 더욱 반짝거렸다.

“영상은 이걸 이렇게 하신 후에 똑같은 표시를 누르시면 되지 말입니다.”

“오오오.”

감탄하던 그녀의 표정이 슬그머니 식었다.

“이것으로 끝이냐?”

"아, 여길 누르시면 촬영하신 것들이 나오지 말입니다. 이걸 이렇게 해서 누르시면……."

쑤밍의 손가락이 하이엘바인의 교신기 위에서 바삐 움직였다.

"신비롭구나!"

하이엘바인이 거하게 감탄했다.

쑤밍은 가게에 손님이 마침 자신들밖에 없는 것이 참으로 다행이라 생각했다.

자신의 교신기를 한참 조작해 보던 하이엘바인이 갑자기 쑤밍의 기계를 덥석 잡았다.

"이제 네가 찍었다는 네 스승의 모습들을 좀 보자꾸나."

"아, 하하. 하이엘바인님, 그것은……."

쑤밍은 웃으며 손을 뒤로 뺐다.

그러나 그녀의 손은 하이엘바인의 손아귀에 덜커덕 걸려 빠져나가지 못했다.

"보자꾸나."

"……."

쑤밍은 필사적으로 힘을 냈지만 하이엘바인 역시 팔을 부르르 떨며 저항했다.

조금 뒤, 하이엘바인이 쑤밍의 교신기를 이리저리 조작하며 나지막이 비명을 질렀다.

"어찌 이런 것을, 허어……!"

하이엘바인은 얼굴이 벌게진 채 조작에 열을 올렸다.

그녀는 뭔가 나올 때마다 신음에 가까운 소리를 냈고 교신기를 빼앗긴 쑤밍은 격침당한 배처럼 테이블에 엎드린 채 꿈쩍도 하지 않았다.

거리를 걷고 걸어 동쪽 성문에 도착한 하이엘바인과 쑤밍은 그곳에서 사는 사람들을 상대로 탐문을 벌였다.

하이엘바인은 민간인들을 상대했고 쑤밍은 공무원과 상인들을 맡았다.

둘 다 리오가 가르쳐 준 그대로 행동했으나 실전 경험에 따른 차이가 있었다.

하이엘바인은 어린아이부터 질이 나쁜 조직 패거리까지 똑같은 표정과 말투로 접근했다. 때문에 이상한 시비와 오해가 걸려 어쩔 수 없이 무력을 쓰는 일도 벌어졌다.

반면 쑤밍은 사람에 따라 둥글둥글하게 대응하여 순조롭게 탐문을 마쳤다.

리오가 함께 여행을 다닐 때 수많은 사람들을 다양하게 상대해 본 덕분이었다.

약 1시간 뒤에 약속한 장소에서 다시 만난 둘은 각자가 수집한 정보를 모아봤다.

"특별히 몸이 아프다거나 이상한 일로 죽은 사람은 없더구나."

"예……."

쑤밍이 그녀의 눈치를 살폈다.

"하이엘바인님, 무슨 일이 있으셨습니까?"

"아무것도 아니란다."

그러면서 그녀는 옷에 묻은 흙을 털었다. 그 밑에 낀 핏자국은 잘 지워지지 않았다.

"북쪽의 빈민촌은 좀 다른 것 같지 말입니다."

"어떻게?"

"상인들의 말로는 밤늦게 빈민들 십여 명이 몰살을 당했다고 합니다. 그냥 끔찍했다고 말을 하긴 하는데, 오는 도중에 본 일도 있고 하니 그쪽을 조사해 보는 것이 좋을 것 같지 말입니다."

"그래?"

하이엘바인은 하늘을 봤다.

"어제부터 이곳을 지켜본 자들이 있으니 한번 물어보자꾸나."

그녀가 오른손으로 귀를 막듯이 했다.

[그쪽 젊은이, 내 말이 들리나?]

하이엘바인이 정신감응을 시도한 존재는 도시 상공에 몸을 숨기고 있는 블랙테일 부족의 청년이었다.

[무슨 일이십니까?]

젊은 용족이 응했다.

[이 도시의 북쪽에서 밤늦게 사람들이 죽었다는데, 혹시 감지했나?]

[예? 그런 일이 있었습니까?]

뜻하지 않은 답이 나오자 하이엘바인은 이상한 느낌을 받았다.

[그렇다네. 우리가 그쪽으로 가기에는 시간이 좀 걸릴 듯하니 수고스럽겠지만 자네가 지금 그곳을 살펴봐 주게나.]

[예…….]

정찰대원의 정신감응이 흐려졌다.

순간 검은색의 빛이 하늘에서 떨어졌다.

하이엘바인과 쑤밍을 덮친 그 빛은 지면에서 대폭발을 일으켰다. 검은색의 파문과 충격파, 그리고 폭발의 소음이 도시의 한쪽을 극심하게 일그러뜨렸다.

*　　　*　　　*

하이엘바인과 쑤밍이 서 있던 땅은 폭발로 깨끗하게 밀려 있었다.

그들이 잠시 걸었던 골목, 스쳐 지나갔던 집들, 그리고 사람들 모두 흔적조차 남아 있지 않았다.

공터로 변해 버린 땅의 한가운데에는 은색의 보호막이 빛나고 있었다.

반사적으로 보호막을 일으켜 자신과 쑤밍을 지킨 하이엘바인은 눈앞에 내려오는 검은색 전투복의 청년을 뚫어지게 바라봤다.

"무슨 짓인가?"

하이엘바인이 주먹을 쥐었다.

"사람들이 죽었지 않나!"

고함을 지르는 하이엘바인의 눈앞에 검은 불꽃이 일렁거렸다.

청년이 손에서 던진 불길이었다.

하이엘바인과 쑤밍은 좌우로 움직여 불꽃을 피했다.

손바닥보다 작은 그 불길이 닿은 땅은 다시금 폭발을 일으켰다.

때맞춰 도시의 동쪽에서도 큰 폭발이 일어났다.

아까 그녀들을 덮쳤던 검은색 빛, 정확히는 블랙 드래곤 특유의 그림자 숨결이 만들어낸 폭발이었다.

그쪽에서도 이변이 일어나자 쑤밍이 혼란스러워했다.

"하이엘바인님, 이건……!"

"넌 저쪽으로 가거라!"

하이엘바인이 외쳤다.

"무슨 일인지는 몰라도 피해를 최소화해야 한다! 이쪽은 내가 맡을 테니 어서 가거라!"

"아, 알겠습니다!"

쑤밍은 방금 폭발이 일어난 곳을 향해 날아갔다.

그 와중에 쑤밍은 리오에게 정신감응을 시도했다.

하지만 괴이한 소리만이 들릴 뿐 정신감응은 이뤄지지 않았다.

'어떻게 된 일이지?'

쑤밍의 혼란이 더욱 가중되었다.

'블랙테일 족장님의 부하잖아?'

그녀가 떠난 한편 하이엘바인은 다시금 자신의 앞에 서 있는 청년에게 소리쳤다.

"말을 좀 해보게! 카이리 블랙테일이 믿고 보낸 자네들이 아닌가!"

그러나 청년은 입을 열지 않았다.

대신 등에 차고 있는 짧은 검을 뽑아 싸울 준비를 했다.

청년은 이윽고 눈에서 하얀빛을 뿜으며 미친 듯이 달렸다.

"그아아아아아!"

그 젊은 용족의 포효가 주변의 땅을 흔들었다.

청년과 하이엘바인 사이에서 두 번의 섬광이 번뜩였다.

하이엘바인의 은발이 청년의 눈앞에서 흔들렸다.

하이엘바인의 아리스톤 창과 청년의 검 사이에 만들어진 압력이 주변의 땅을 다시금 쪼개고 밀어냈다.

뒤엉킨 창과 검이 서로를 밀어내기 위해 덜덜 떨리는 가운데, 하이엘바인은 청년의 눈을 자세히 살폈다.

눈 전체가 하얗게 빛나고 있었다.

눈동자는 보이지도 않았다.

다른 것은 몰라도 한 가지만은 확실했다.

청년의 눈은 파프니르의 눈과 똑같았다.

"파프니르인가!"

청년은 대답없이 무릎으로 하이엘바인을 공격했다.

창의 자루로 청년의 무릎을 정교하게 막아낸 하이엘바인은 잠깐 거리를 두었다가 곧장 청년의 머리를 향해 창을 내밀었다.

고개를 움직여 창을 피한 청년의 복부가 북처럼 울렸다.

창으로 치는 척하면서 주먹으로 상대를 공격한 하이엘바인은 청년이 그대로 기절해 주길 바랐다.

그러나 그녀는 청년의 귓구멍에서 하얀 액체가 쏟아지는 것을 보고 생각을 바꿨다.

'뇌가……!'

청년이 입을 벌렸다.

그 입속에서 검은색의 빛이 터졌다.

그림자 숨결이었다.

하이엘바인은 피하지 않고 창의 넓은 날로 그 빛을 후려쳤다.

일직선으로 뻗던 빛은 창날에 맞아 하늘로 꺾였다.

만약 하이엘바인이 그 빛을 피했다면 뒤쪽에 있는 주거 지역이 날아갔을 것이다.

어쩔 수 없다고 판단한 하이엘바인은 리오의 허가를 받기 위해 정신감응을 시도했다.

[리오, 들리나? 지금 상황이……!]

이상한 잡음이 하이엘바인의 정신감응을 방해했다.

편두통을 앓는 사람처럼 눈을 찡그린 하이엘바인은 고개를 털고 다시 집중했다.

'아까 내가 보낸 정신감응의 영역을 토대로 방해를 하는 것 같군. 하지만 리오라면 지금쯤 상황을 파악했을 테니 곧 길이 열리겠지.'

그녀는 스스로 상황을 해결하기로 마음먹었다.

"블랙테일의 젊은 전사여! 이 하이엘바인이 그대의 명예를 지켜주겠네!"

자세를 고쳐 쥔 하이엘바인은 창자루의 끝을 잡고 앞으로 길게 뻗었다.

청년의 목을 노린, 진심 어린 공격이었다.

청년이 검으로 맞섰다.

무기끼리 부딪히는 순간 하이엘바인의 머리 위에서 다시금 충돌이 일어났다.

청년의 순간적인 움직임에 능숙히 대처한 하이엘바인은 지금의 상황을 통해 청년의 능력을 예상해 봤다.

'처음 만났을 때 느꼈던 저력 이상이군.'

창에 검을 댄 채로 몸을 돌려 착지한 청년은 두 손으로 검을 잡고 하이엘바인의 머리를 노렸다.

하이엘바인이 그 공격을 자루로 받아낸 순간 청년이 입을 벌리고 숨결을 토했다.

이번에도 창날로 숨결을 받아내 하늘로 꺾은 하이엘바인은 힘이 부쳐 인상을 썼다.

'이건……!'

그녀는 청년이 자신의 움직임을 지나치게 잘 읽고 있음을 느꼈다.

그것은 얼마 전 파프니르와 싸울 때도 마찬가지였다.

'발키리의 창술을 알고 있단 말인가?'

궁니르와 모습만 닮은 아리스톤 창이 교묘하게 움직였다.

온갖 속임 동작이 다 들어간 공격이었으나 청년은 팔꿈치로 창날의 옆을 찍어 하이엘바인의 자세를 무너뜨렸다.

'아니?'

청년이 그녀의 뒷머리를 잡고는 땅바닥에 집어 던졌다.

흙먼지가 하늘 높이 솟았다.

이마를 땅에 찧은 하이엘바인은 처음 당하는 공격 방식에 당황했지만 대놓고 놀랄 틈은 없었다.

창으로 청년의 발목을 공격하며 일어난 그녀는 얼굴에 묻은 흙도 떨구지 않고 정신을 집중했다.

'창에 대해서 알고 있다면……!'

아리스톤 창이 잠깐 짧아지면서 형태가 달라졌다.

사용자의 의지에 따라 모습을 자유자재로 바꿀 수 있는 무기이기 때문에 가능한 일이었다.

그녀가 선택한 무기는 장검이었다.

하이엘바인의 눈동자도 파란색에서 황금색으로 바뀌었다.

청년의 몸에서도 오오라를 연상케 하는 검은색의 빛이 올라왔다.

"그오오오!"

청년이 괴성을 지르며 하이엘바인을 공격했다.

그는 바람처럼 가볍고 빨랐다.

하이엘바인이 느끼기에는 지크보다 느렸지만 힘을 조금밖에 되찾지 못한 그녀에게는 상당히 부담되는 속도였다.

더불어 공격은 하이엘바인의 몸 전체가 들썩거릴 정도로

강했다.

하이엘바인은 정교한 연타로 자신을 밀어붙이는 상대를 자세히 관찰했다.

'내가 창을 쥐었을 때와 움직임이 똑같군.'

청년을 힘으로 밀어낸 하이엘바인은 손에 쥔 검을 떨어뜨렸다.

주인의 손을 떠난 검은 땅에 아무렇게나 떨어졌다.

그러자 난폭하기만 하던 청년의 동작이 흠칫 멈췄다.

가능성이 있다고 판단한 하이엘바인은 두 주먹을 쥐고 몸을 숙이며 청년에게 접근했다.

상체를 빠르게 흔들어 청년의 움직임을 한 번 더 봉쇄한 그녀는 왼쪽 주먹을 상대의 복부에 꽂았다.

주먹에 맞은 자리에 검은 불꽃이 번쩍 튀었다.

비늘처럼 보이는 조직이 그녀의 주먹을 막아내고 있었다.

하이엘바인은 그 비늘의 색과 윤기가 눈에 익었다.

'파프니르가 확실해!'

청년이 이를 악물고 검을 휘둘렀다.

상체를 뒤로 젖혀 관자놀이를 노린 공격을 피한 하이엘바인은 몸의 탄력을 그대로 실어 주먹을 위로 뻗었다.

꽉 쥔 그녀의 주먹에서 황금색의 전깃불이 일어났다.

턱에 일격을 맞은 청년이 고개를 위로 쳐든 채 뒤로 주춤

했다.

하이엘바인의 주먹에서 옮겨붙은 전류가 청년의 머리를 쥐어짜듯 감쌌다.

"크아아악!"

괴로워하는 그의 배를 걷어차 날려 버린 하이엘바인은 좀 더 강력한 전류를 손에 맺으며 기억을 더듬어봤다.

'지크의 기술을!'

손에만 감돌던 전류가 그녀의 전신에서 일어났다.

비틀거리던 청년의 옆구리에 강한 충격이 들어갔다.

그것을 시작으로 온갖 손기술과 발기술이 청년의 온몸을 파고들어 갔다.

황금색의 번개가 남기는 잔광이 초고속으로 움직이는 그녀의 움직임을 따라 주변의 공기와 땅에 흩어졌다.

복부와 허벅지, 어깨, 머리에 정확한 타격이 계속 들어갔다.

청년은 어떻게든 돌파구를 마련하기 위해 몸부림을 쳤지만 하이엘바인은 쉽게 틈을 주지 않았다.

어느 순간 전류의 양이 폭발적으로 증가했다.

하이엘바인의 근력과 속도도 그에 맞춰 올라갔다.

그녀는 자신이 지크에게 발전과 관련된 인자만을 얻었다고 생각했다.

하나 일은 그 정도에서 그치지 않았다.

지크가 여태까지 익혔던 맨손 격투 기술이 그녀의 몸에서 자연스럽게 배어 나오고 있었다.

그녀의 발차기가 청년의 머리를 노리고 전류의 호선을 그렸다.

청년은 머리를 맞았을 때 가장 큰 통증을 드러냈다.

그것을 확실히 체감한 하이엘바인은 본능적으로 그쪽을 노렸다.

하이엘바인의 발끝이 청년의 검을 부러뜨리며 턱과 목 사이에 적중했다.

원래 노렸던 자리보다 아래였지만 충분했다.

발끝에서 머리로 전해지는 감각이 하이엘바인의 마음에 들었다.

타격과 동시에 청년의 뒤쪽 지면과 공기가 발차기의 여력으로 울부짖었다.

공기는 굴곡이 보일 정도로 일그러졌고 땅은 호미에 맞은 듯 부서지고 파였다.

혼신의 일격을 맞은 청년은 목뼈가 꺾인 채 뒷걸음쳤다.

그의 손엔 칼자루만 남은 검이 들려 있었다.

"으윽……!"

신음과 함께 청년의 뒷목에 균열이 생겼다.

균열에서 터져 나온 하얀빛이 피처럼 땅에 쏟아졌다.

한없이 쏟아지던 빛은 땅바닥에 맴돌다가 증발되어 사라졌다.

청년이 숨을 몰아쉬었다.

"하이엘바인님……!"

그가 처음으로 자신의 이름을 부르자 하이엘바인의 몸에 흐르던 전류가 사라졌다.

"정신이 드나?"

"예. 약간이나마……!"

청년이 주저앉았다.

하이엘바인이 그를 부축해 주었다.

머리의 상처에서는 이제 피가 흘렀다.

하이엘바인은 힘의 성질을 바꿔 그의 뒷머리에 가져갔다.

"통증만은 덜어주겠네."

그 말은 곧 살릴 수는 없다는 뜻이었다.

어떻게든 살리기에는 하이엘바인의 힘에 부쳤고, 무엇보다 뇌의 손상이 너무 심각했다.

"파프니르의 코어가 이곳에 왔습니다. 저희들을 침식시킨 뒤 노블 공주의 동생을 새로운 숙주로 삼았습니다."

진통 덕에 말은 뚜렷했지만 그의 숨은 점차 가빠졌다.

"자네들이라면, 세 명 다 침식됐다는 뜻인가?"

"그렇습니다. 작은 상처만으로도 침식된 것을 봐서는 서룡족에 대한 침식 능력이 아주 강한 것 같습니다. 족장님께 미리 주의를 받긴 했지만 이 정도일 줄은 몰랐습니다."

하이엘바인은 그 말을 넘겨들을 수가 없었다.

"블랙테일 족장이 알고 있었단 말인가?"

"기록상…… 선대 족장님께서는 침식에 의해 육체의 자유를 빼앗기셨습니다."

그는 손으로 자신의 가슴 아래를 눌렀다.

"이곳에 기록 장치가 있습니다. 작은 캡슐 모양이지만 하이엘바인님이시라면 찾아내실 수 있을 겁니다. 다른 친구들에게도 삽입되어 있으니 그것을 족장님께 전달해 주십시오."

그의 몸에서 경련이 일어났다.

다리가 그의 의지와 관계없이 땅을 긁었고 손은 이상한 각도로 뒤틀렸다.

"기술적인 이유로…… 수천 년 전에 기록하지 못했던 파프니르의 침식 수단이 이곳에 담겨 있을지도 모릅니다."

"알았네. 반드시 전달하겠네."

"제 시신은 제거해 주십시오. 친구들의 시신도 마찬가지입니다. 그것은 블랙테일 부족의 철칙입니다."

"약속하지."

하이엘바인이 뒤틀릴 대로 뒤틀린 그의 손을 붙잡았다.

"전사여, 자네의 이름은 무엇인가?"

그녀의 질문을 받은 청년의 입술 끝이 움직여 곡선을 그렸다.

안면 경련인지, 미소인지 알 수 없는 모습이었다.

"블랙테일은…… 블랙테일일 뿐입니다."

청년의 동공이 벌어졌다.

팔다리도 점차 이완되었다.

눈을 감은 채 청년의 죽음을 감지한 하이엘바인은 청년을 똑바로 눕혀주었다.

그녀는 청년의 몸을 투시한 뒤 그가 말한 기록 장치 위에 손을 댔다.

그의 몸에 상처를 내지 않고 기록 장치를 뽑아낸 하이엘바인은 무기를 든 뒤 힘을 잔뜩 불어넣었다.

그의 마지막 부탁대로 시신을 완전히 파괴하기 위해서였다.

"블랙테일의 젊은이여, 그대의 이야기를 반드시 전하겠네."

검의 모습을 한 아리스톤 무기가 황금색으로 발광했다.

CHAPTER 31
고장 난 기계

R

쑤밍이 현장에 도착했을 때, 그들이 있었던 장소와 마찬가지로 평평하게 변한 땅은 어떤 무거운 물체의 낙하로 인해 크게 진동했다.

물체가 떨어진 지점을 본 쑤밍은 인상을 구겼다.

"블랙테일……!"

쑤밍의 중얼거림대로 땅에 낙하한 것은 드래곤의 모습으로 변한 블랙테일 부족이었다.

검은색의 윤기있는 비늘과 각질로 온몸을 감싼 그 육중한 존재는 자신만의 눈빛을 잃은 채 파프니르와 마찬가지로 하얀색의 빛을 품고 있었다.

몸집의 크기는 청년기에 걸맞게 상당했다.

성년기에서 장년기에 접어드는 블랙 드래곤 부족은 비늘과 각질에 요철이 심하다.

하지만 지금 쑤밍이 마주한 블랙 드래곤은 그 굴곡이 매끈했다.

몸집도 늘씬해서 군살이 보이지 않았다.

드래곤의 모습으로도 상당한 훈련을 해왔다는 반증이었다.

쑤밍은 자신도 드래곤의 형태를 갖춰야 할지, 아니면 그대로 상대해야 할지 망설였다.

'아냐, 스승님께 배운 대로 하는 거야.'

그녀는 등에 찬 자신의 검, 바이아덕트를 풀어 두 손에 쥐었다.

'기절시켜야 하나? 아니면…….'

두 번째 갈등이 일어났다.

드래곤의 코와 입에서 흰색의 빛이 흘러나왔다.

액체처럼 보이기도 하고 기체처럼 보이기도 하는 그 기묘한 빛이었다.

그것은 블랙 드래곤의 상태가 정상이 아님을 명확히 증명했다.

'뇌를 당했어, 저 사람.'

그녀는 아랫입술을 깨물고 마음을 잡았다.

상대를 적으로 인식한 그녀의 뇌는 차가웠다.

드래곤이 날개를 활짝 펴며 포효했다.

"오오오오!"

목구멍 속에서 밀려 나오는 소리가 폭풍이 되어 지표와 쑤밍의 머리카락을 마구 흐트러뜨렸다.

그림자 숨결로 공격할 것 같진 않았다.

그렇기에 쑤밍은 드래곤의 머리를 주시하며 발걸음을 옆으로 옮겼다.

이동하던 그녀의 표정이 갑자기 달라졌다.

느릿느릿 이동하던 드래곤이 그녀의 시야를 벗어날 정도의 속도로 뛰어올랐다.

하강하는 드래곤의 발은 단단한 각질과 발톱, 강철처럼 단단한 힘줄로 다져진 흉기였다.

드래곤이 땅을 밟자 흙먼지의 폭풍이 일어났다.

폭풍을 뚫고 뒤로 뛰어오른 쑤밍은 아무것도 없는 공중을 박차고 날았다.

바이아덕트가 드래곤의 머리에 적중했다.

크기로만 따지자면 거대한 드래곤이 밀릴 이유가 전혀 없었다.

하지만 쑤밍은 리오의 가르침대로 자신에게 적용되는 물리법칙을 뒤틀 수 있었다.

머리를 맞은 드래곤이 괴성을 지르며 괴로워했다.

그 일격으로 드래곤을 처리할 생각이 없었던 쑤밍은 오히려 당황했다.

지금의 공격은 다음에 이어질 공격을 위한 첫 단계일 뿐이었다.

그런데 상대의 예기치 않은 반응으로 인해 그녀의 행동이 멈추고 말았다.

경험 부족에 따른 실수였다.

드래곤의 입에서 반투명한 피가 흘렀다.

베이거나 깨지지 않을 정도의 충격만 받은 드래곤은 다시 쑤밍을 향해 살기를 뿜었다.

쑤밍은 그제야 자신의 실수를 깨달았다.

'계속 공격해야 했어!'

그녀에게 리오가 전해준 첫 가르침은 '상대를 완전히 박살낼 때까지 공격을 계속하라' 였다.

그녀에겐 자책할 시간이 없었다.

드래곤의 꼬리가 그녀에게 폭포처럼 떨어졌다.

강도 높은 훈련을 받은 드래곤의 속도는 인간의 모습일 때와 비슷할 정도로 빠르다.

일반 드래곤의 꼬리는 인간에게도 뚜렷이 보일 만큼 느리지만 훈련된 드래곤의 꼬리는 그렇지 않다.

사실상 숨결 공격 다음으로 치명적인 공격 수단이 그것이었다.

날아올라 공격을 피한 쑤밍의 검이 다시 드래곤의 등을 노렸다.

날개와 날개 사이의 빈 공간은 아무리 훈련된 드래곤이라 하더라도 막아낼 수 없는 부분이었다.

그 밑에는 척추와 폐, 심장이 있기 때문에 급소나 다름없었다.

날아오르는 순간 쑤밍은 눈앞이 아찔했다.

'너무 높아!'

공격을 위해 떠올랐던 고도가 지나치게 높았다.

드래곤은 그녀가 올라갔다가 떨어지는 사이에 몸을 틀어 날개를 펼쳤다.

드래곤의 날개 뼈는 가장 단단한 부위 중 하나였다.

그것만으로도 자신보다 작은 상대에게 큰 피해를 줄 수 있었다.

공격을 하려다가 반격을 당할 뻔한 쑤밍은 황급히 착지했다.

'계단을 밟듯, 차례대로!'

리오의 말을 되뇌는 쑤밍의 눈에 살기가 올라왔다.

드래곤의 꼬리와 앞발, 미약한 숨결이 연속으로 공격해 들어왔다.

아래턱을 망치처럼 사용하기도 하고 날개의 끝으로 찍어 누르기도 했다.

쑤밍이 그 사이에서 움직였다.

스승의 스타일을 의도적으로 흉내 낸 그녀의 까만색 머리채가 직선에서 곡선으로, 때로는 원으로 정신없이 변했다.

드래곤이 앞발로 땅을 후려쳤다.

충격파가 해일처럼 일어나 땅을 밀고 뜯었다.

방향을 바꿔 충격파를 피한 그녀의 정면으로 그림자 숨결이 닥쳐왔다.

충격파는 속임수였고 지금이 진짜였다.

하이엘바인이었다면 무기로 숨결의 방향을 꺾었을 것이다.

하지만 쑤밍의 기량은 그녀에 미치지 못했다.

보호막으로 숨결을 받아낸 쑤밍은 폭발의 충격으로 인해 멀리 튕겨져 나갔다.

"크으으!"

드래곤은 기회를 잡았다는 듯 숨을 길게 들이마셨다.

방금 쏜 것은 숨 쉴 겨를도 없이 날린 것이지만 지금은 달랐다.

완전히 압축된 숨결이 드래곤의 목 아래에 터져나갈 듯 쌓였다.

제대로 뿌려진다면 도시 전체가 날아가고도 남을 위력이었다.

순간 거대한 뱀 모양의 드래곤이 하늘에서 떨어져 블랙 드래곤을 덮쳤다.

입으로 블랙 드래곤의 목을 물고 뒤로 젖힌 그 진녹색의 드래곤은 자신의 길쭉한 몸으로 상대의 몸뚱이를 친친 감았다.

블랙 드래곤은 용을 썼지만 상대가 기술적으로 붙어서 조이는 터라 잘 단련된 꼬리도, 날개도 소용이 없었다.

폭발로 혼비백산해 있던 회색여우 왕국의 주민들은 뻥 뚫린 폐허 속에서 두 마리의 괴수가 벌이는 육탄전에 다시금 넋을 잃었다.

목에 쌓인 숨결을 참아낼 수가 없었던 블랙 드래곤은 눈앞에 보이는 하늘을 향해 숨을 내뱉었다.

첫 기습 때와 비할 수 없을 만큼 강하고 굵은 그림자 숨결이 하늘로 솟았다.

쏘는 반동만으로도 땅이 흔들려 그나마 무사한 집들마저

무너져 내렸다.

억지로 숨결을 내뱉는 바람에 힘이 빠진 블랙 드래곤은 계속해서 자신을 조여오는 상대로부터 벗어나기 위해 다시 몸부림을 쳤다.

그러나 쉽지 않았다.

진녹색의 길쭉한 드래곤, 쑤밍 역시 최고의 훈련을 받은 용족이었다.

"크으……!"

신음을 터뜨린 블랙 드래곤의 모습이 갑자기 눈앞에서 사라졌다.

있는 힘껏 드래곤을 조이던 쑤밍은 곧장 인간의 모습으로 변해 땅에 내려왔다.

인간의 모습이 된 블랙테일 부족의 청년은 드래곤일 때와 마찬가지로 하얀색 눈빛을 사납게 뜬 채 맹렬히 쑤밍을 노렸다.

"크오오오오!"

청년이 튕겨 나가듯이 쑤밍과의 거리를 좁혔다.

쑤밍이 보기에도 대단한 속도였다.

그녀는 상대의 모든 능력이 미지의 힘에 의해 강화되었음이 틀림없다고 믿었다.

몸을 젖혀 청년의 검을 피한 쑤밍은 몸을 굽혔다가 일어나면서 어깨로 상대를 들이받았다.

그녀의 능숙한 어깨치기에 늑골 아래를 맞은 청년은 이상한 숨을 토하며 몸을 숙였다.

"크윽!"

쑤밍은 치명적인 빈틈을 자신에게 보인 상대에게 과감히 바이아덕트를 휘둘렀다.

머리를 노린 효율적인 공격이었다.

청년은 경이적인 탄력으로 중심을 회복하여 옆으로 피했다.

쑤밍이 즉각 추격하여 베었지만 옷깃만이 흔들렸다.

"카아아악!"

청년이 원시적인 괴성을 지르며 반격했다.

날이 조금 넓은 대신 길이가 짧은 청년의 검은 서룡족 표준의 군용 검이었다.

쑤밍은 그 검의 장점과 단점을 모두 알고 있었다.

쑤밍은 청년의 공격을 바이아덕트의 넓은 칼날로 받자마자 옆으로 강하게 밀쳤다.

동시에 발끝으로 청년의 늑골을 노렸다.

아까 어깨로 들이받은 곳과 똑같은 장소였다.

똑같은 곳을 두 번 맞은 청년은 자신의 몸속에서 터지는 기분 나쁜 소리에 흠칫했다.

쑤밍 역시 발끝으로 그 소리를 느꼈다.

'유리해졌어!'

비틀거리던 청년이 검으로 찌르기를 시도했다.

늑골의 타격으로 몸을 제대로 펴지 못하는 상황이라 해당 공격은 그다지 위협적이지 못했다.

힘은 물론 속도도 제대로 나오지 않았다.

쑤밍은 좌우로 몸을 흔들어 공격을 가뿐하게 피했다.

그리고 무릎으로 상대의 늑골을 다시 쳤다.

입에서 피를 토할 정도의 충격을 받은 청년은 아예 몸을 숙인 채 꿈쩍도 못했다.

세 번째 공격으로 청년의 늑골뿐만 아니라 내장까지 엉망이 된 상태였다.

용족이기에 버티는 것이지 인간이었다면 바로 기절하거나 죽었을 상황이었다.

쑤밍은 스승이 그리하듯 바이아덕트로 자신의 어깨를 툭툭 치며 상대에게 다가갔다.

"불순한 자여, 나오십시오. 그분은 더 이상 당신 대신 싸우지 못합니다."

청년의 몸이 부르르 떨렸다.

"블랙테일 부족은 아무도 하려 하지 않는 일을 수행하는 고귀한 부족입니다. 그분의 명예를 더럽히지 마시고 정정당

당하게 나오십시오."

감정에 이끌려 말했던 쑤밍은 안 좋은 느낌을 받았다.

'말을 너무 많이 했나?'

그 우려는 현실이 됐다.

부러진 늑골 위의 옷이 터지고 흰빛이 흘러나왔다.

그 빛은 검은색의 각질로 변해 청년의 몸을 감쌌다.

그것은 파프니르의 특성이었다.

파프니르를 직접 상대해 본 일이 없는 쑤밍에게는 생각지 못했던 상황이기도 했다.

"크어!"

몸을 회복한 청년이 검을 다시 들고 내달렸다.

쑤밍은 잠깐 옆으로 비켜났다.

그녀는 자신의 옆으로 청년이 지나가자 그의 오금을 가볍게 걷어찼다.

빙판에 쓰러지듯 뒤로 자빠진 청년은 옷에 흙이 묻어날 틈도 없이 일어나려 했다.

그렇게 될 것을 노렸던 쑤밍은 검으로 청년의 오른쪽 손등을 쳤다.

힘줄이 끊어져 악력을 잃은 청년의 손에서 검이 벗어났다.

바이아덕트의 끝이 청년의 가슴을 찔렀다. 이젠 얘기고 뭐고 하지 않겠다는 뜻이었다.

심장부터 등까지 확실히 관통당한 청년은 잠시 경련을 일으키다가 더 이상 움직이지 않았다.

검을 찌른 채 잠시 대기하던 쑤밍은 이제 됐을 것이라 생각하고 검을 뽑았다.

가슴의 상처에서 흰빛이 뿜어졌다.

그 빛은 쑤밍의 얼굴 전체를 살아 있는 생물처럼 확 덮쳤다.

"윽!"

당황한 쑤밍은 검을 버리고 두 손으로 자신을 덮친 빛을 붙들었다.

하지만 반죽처럼 붙어버린 빛은 의도와는 달리 쉽게 떨어지지 않았다.

빛이 쑤밍의 귓구멍 속으로 들어갔다.

입과 코, 눈물 구멍까지 이미 빛으로 잔뜩 채워진 상태였다.

비명도 못 지르게 된 쑤밍은 땅에 드러누운 채 몸을 비틀었다.

쑤밍의 의식이 점차 희미해졌다.

그녀는 입과 귀 등으로 뭔가 밀려들어 오는 괴악한 감촉조차 느끼지 못하게 됐다.

'스승님……!'

익사를 하듯, 그녀의 의식이 어둠에 잠식되었다.

이윽고, 강렬한 감각이 그녀의 뇌를 자극했다.

얼굴에 달라붙었던 것들이 조금씩 떨어졌다.

귀와 입, 식도, 코, 눈 순서로 해방감이 느껴지더니 큰 기침이 그녀의 입에서 터졌다.

"커헉!"

얼굴이 완전히 상기된 쑤밍은 죽을 듯이 기침을 계속했다.

그녀를 덮쳤던 흰빛은 쓰러져 있는 누군가의 손에 붙잡힌 채 버둥거렸다.

그러다가 빛을 잃고 검게 변하면서 썩은 음식처럼 늘어졌다.

"아가씨, 동룡족이었군."

쑤밍은 목 위쪽의 모든 부분이 고통스러운 가운데 목소리가 들린 쪽을 돌아봤다.

아까 자신에게 가슴을 뚫렸던 청년이 쓴 미소를 짓고 있었다.

"운이 좋았어. 서룡족이었다면 저항할 새도 없이 나처럼 됐을 거야."

"저어……."

"됐어. 들어."

청년이 잠들 듯 눈을 감았다.

"내 가슴 밑에 기록 장치가 있어. 신형의 캡슐 모양. 알지?"

"예."

"그걸 뽑아서 족장님께 전해 드려. 내 시체는 완전히 없애도록 해. 파프니르의 침식은 풀렸지만 어찌될 지 몰라."

"아, 알았습니다. 그리고요?"

청년은 말이 없었다.

의학적으로 봤을 때 여태까지 말을 한 것이 기적에 가까웠다.

흰빛, 파프니르의 일부에게 벗어난 직후부터 눈물과 콧물을 줄줄 흘리고 있던 쑤밍은 땅 위에 주먹을 대고 분개했다.

"이름이라도 말하란 말입니다!"

그녀가 흐느꼈다.

* * *

하이엘바인과 쑤밍에게 일이 벌어지기 전.

노블 공주를 데리고 왕궁에 잠입한 리오는 성벽의 경비 한 명을 쓰러뜨린 뒤 그의 옆에서 막막함을 즐기고 있었다.

“생각해 보니 동생분의 위치를 알 길이 없군요.”

“그, 그렇군.”

그의 망토 속에 쏙 들어간 상태인 노블은 두건 밖으로 빠져 나오려는 자신의 뾰족한 황금색 귀를 서둘러 감췄다.

“특별한 단서가 있으면 말씀해 주십시오. 사소한 것이라도 좋습니다.”

“사소한 것이라.”

노블이 코끝을 씰룩거리며 생각했다.

인간과 황금여우 부족은 얼굴의 생김새가 대강 비슷하다.

하지만 인간과 다르게 코끝을 상하좌우로 움직일 수가 있었다.

생물학적인 우수성을 제공하진 않지만 대개의 인간들은 그 코의 움직임을 아주 귀엽게 생각한다.

하지만 코에 잔뜩 물을 채웠다가 뿜어내는 수인까지 목격했던 리오에게는 그다지 신기하지도, 귀엽지도 않았다.

“동생은, 메이블은 2년 전 이곳 왕의 후궁으로서 들어왔다네.”

“마지막으로 연락을 주고받으신 것이 언제입니까?”

“1주 전이네.”

"그렇군요."

리오가 고개를 끄덕거렸다.

'적어도 죽진 않았겠군.'

걱정 하나를 던 리오는 다음 항목으로 넘어갔다.

"향수는 어떤 물건을 쓰십니까?"

"향수? 아, 그 아이는 나와 같은 물건을 쓴다네. 금년에도 나눠 쓰고 있지."

"아주 좋군요."

리오가 망토 밖으로 노블을 빼더니 그녀의 등에 코를 댔다.

그가 그녀의 냄새를 맡았다.

조금 센 숨소리가 등 뒤에서 들리자 노블은 본능적으로 입에 손을 대어 소리를 참았다.

"무, 무슨 짓인가!"

그녀가 생쥐처럼 작은 소리로 항의했다.

"같은 향을 쫓기 위해서입니다."

"……."

"아, 위험한 취미는 없으니 안심하십시오. 향수도 좋은 것을 쓰시는군요."

그 발언은 어떤 의미에서 치명적이었다.

얼굴에 열이 너무 오른 나머지 노블의 눈가에 눈물까지 맺혔다.

"오늘은 안 뿌렸단 말일세! 아침에 얼굴만 겨우 씻었지 않나!"

"예, 그리고 여태까지 목욕을 안 하셨지요. 어제 뿌리신 향수 냄새가 남아 있더군요."

노블은 성벽 아래에 몸을 던지고 싶었다.

왼팔로 그녀를 단단히 붙든 리오는 오른손 엄지와 검지로 자신의 코를 만졌다.

'후각을 증폭시켜서…….'

눈을 감고 냄새를 잠시 추적한 그는 왕궁 여기저기에 동일한 냄새가 존재함을 감지했다.

'작은 방, 식당, 정원, 서재, 욕실에…… 저건 알현실인가? 이동 경로가 대강 보이는군.'

그가 다시 눈을 떴다.

"공주님."

"……."

"공주님은 평소 이 시간에 무엇을 하고 계십니까?"

"그런 것까지 자네에게 말해야 하나?"

"저는 황금여우 왕족의 생활을 전혀 모릅니다."

리오가 어깨를 천천히 으쓱했다.

"그렇다면 가르쳐 주지. 아바마마와 국정에 대해 논의한다네. 자고로 왕족이란 그런 것이 아니겠나?"

그녀가 당당히 말했다.

좋은 힌트를 얻지 못한 리오는 그냥 자신의 감각을 믿어보기로 했다.

작은 방 쪽에서 움직임이 느껴졌다.

향수를 바른 노블의 공주인지, 아니면 그녀와 접촉을 한 누군가인지 알 길은 없었다.

하지만 체취를 발산하는 면적을 따졌을 때 인간은 아니었다.

"이동하겠습니다, 공주님."

리오가 그녀를 단단히 안은 뒤 성벽 아래로 망설임없이 뛰어내렸다.

왕궁 근위대들이 빽빽하게 감시하고 있었지만 리오에겐 문제될 것이 없었다.

그들의 시선을 모두 읽은 뒤 그 사이에 존재하는 사각지대를 찾아 움직이면 끝이었다.

열린 창문 하나를 골라 왕궁 안으로 바람처럼 돌입한 리오는 공주를 옆구리에 단단히 낀 채 복도를 달렸다.

망토 속의 노블은 두 손으로 두건을 꼭 누른 채 눈을 감고 있었다.

리오가 목표로 삼은 방 앞에는 여성 근위대 두 명이 절도있는 자세로 서 있었다.

"여어."

짧은 인사와 함께 회색 망토를 두른 인간이, 그것도 큰 키에 상당한 덩치를 지닌 자가 붉은 머리채를 휘날리며 나타나자 근위대들의 몸이 경직됐다.

둘의 목을 쳐 기절시킨 리오는 노블을 내려놓고는 방문에 등을 댔다.

그가 노크를 했다.

"무슨 일인가?"

안에서 조금 굵은 여성의 목소리가 났다.

리오가 노블에게 눈짓을 보냈다.

나름 영리한 노블은 고개를 흔들어 동생의 목소리가 아니라는 뜻을 전했다.

리오는 열쇠 구멍에 손바닥을 댔다.

리오의 손에서 터진 섬광이 열쇠 구멍을 통해 방 안에서 번졌다.

여성 두 명의 비명 소리가 나고 한 명이 주저앉는 소리가 이어서 들렸다.

리오는 노블을 데리고 방 안으로 들어갔다.

아까 터진 섬광에 눈을 당한 근위대 여성과 황금색 꼬리의 여성이 바닥에서 뒹굴고 있었다.

손으로 근위대 여성을 기절시킨 리오는 밖에 쓰러진 근위대들까지 안으로 들인 후 문을 닫았다.

"동생분 맞습니까?"

"그, 그렇다네."

하지만 노블은 리오를 멍하니 바라보고 있었다.

"공주님?"

"자네에 대해서 들은 적이 있네."

"예?"

공주가 바짝 긴장한 얼굴로 입을 열었다.

"하, 하반신으로 신계를 정복할 자라고 하더군."

"……."

"자네, 이런 기술로 여자들을 몰래 탐해왔던 것인가?"

"하반신 어쩌고라는 말, 어디서 들으셨습니까?"

리오의 목소리에 짜증이 섞이자 노블이 겁을 먹었다.

"빨간 웃옷에 파란 바지를 입은 사내였네. 출발하기 전에 날 잠깐 부르더니 귀띔해 주더군."

"그렇군요."

그런 사람을 단 한 명밖에 모르는 리오는 쓴웃음을 지었다.

"전혀 상관없는 얘기니 어서 동생분과 인사를 나누시지요."

"아, 그러지."

리오와 노블이 황금색 꼬리의 여성을 돌아봤다.

그녀, 메이블이 자리에서 일어났다.

하지만 손과 발 모두 땅에서 떨어져 있었다.

그녀를 지탱해 주는 것은 몸 전체에서 흘러나오고 있는 하얀색의 빛이었다.

그녀의 꼬리와 귀, 그리고 피부까지 전부 하얀색으로 물들었다.

노블은 그 모습을 잘 알고 있었다.

'힘'을 얻은 직후 거울에서 봤던 자신의 모습과 흡사했다.

"메, 메이블!"

회색의 망토가 노블을 덮쳤다.

메이블로부터 퍼진 하얀빛이 방을, 왕궁의 일부를 집어삼켰다.

폭발은 아니었다.

왕궁은 빛이 닿은 지점까지만 오려낸 듯 정확하게 사라져 있었다.

"늦은 것 같습니다."

리오가 오른팔에 끼고 있던 노블을 왕궁 정원에 내려놓았다.

왼팔에 어렵사리 안고 있던 근위병 셋도 우르르 내려주었다. 그녀들은 아직 기절한 상태였기에 수풀 위를 데굴데굴 굴렀다.

"메이블!"

동생의 이름을 부르며 일어나던 노블은 다리가 풀려 쓰러지는 것을 리오의 망토를 붙들고 버텼다.

그녀는 리오의 부축을 받은 뒤에야 다시 일어날 수 있었다.

"메이블, 나다! 노블이다! 언니가 왔단 말이다!"

노블이 옆에서 호소하는 한편, 리오는 메이블의 모양새를 보고 현재 상황을 파악했다.

'공주의 경우와 달라. 의식 자체가 거의 없으니 말로 끝날 문제가 아니야. 코어가 이렇게 침입하게 놔두다니, 블랙테일 녀석들은 대체 뭘 한 거야?'

그에 대한 답은 도시 저편에서 들려온 폭발음과 검은색의 잔광이었다.

리오는 그 빛이 무엇인지 알고 있었다.

'그림자 숨결? 독성 숨결이 아니라 그냥 그림자 숨결이라고?'

그림자 숨결은 블랙 드래곤 일족이 사용하는 숨결 중에서 좀 특별한 것으로, 따로 훈련을 받지 않은 블랙 드래곤은 절대 사용할 수 없는 공격 기술이었다.

그림자 숨결이 나왔다는 것은 훈련받은 블랙 드래곤, 즉 블랙테일 부족의 청년들이 공격했다는 말과 같았다.

군사훈련을 받은 드래곤의 경우에는 주거 위치가 등록되어 서룡족과 주신계 양쪽에서 관리하는데, 이 세계에 존재한 블랙 드래곤 중에서 그런 자는 공식적으로 존재하지 않았다.

정찰을 하고 있어야 할 카이리의 부하 세 명은 이미 상공에서 사라진 상태였다.

하나는 아까 폭발이 일어난 지점으로 내려갔고 다른 하나는 그림자 숨결로 도시의 다른 한구석을 날려 버리고 있었다.

드래곤의 형태를 유지한 채 내려가는 그 청년의 모습에서 리오는 이상한 광기를 느꼈다.

주변에 몰린 왕궁의 수인족들이 갑작스레 나타난 리오를 보고 웅성거렸다.

그들은 왕궁의 피해, 갑자기 몸이 하얗게 된 메이블의 모습, 리오의 침입, 도시 이곳저곳에서 일어나는 폭발 등등으로 정신이 없었다.

리오는 묵직한 손놀림으로 자신의 머리채를 훑었다.

바람이 그의 붉은 머리채를 잠시 괴롭혔다가 놓아주었다.

'그래, 어차피 쉽게 끝날 거라고 생각하진 않았어.'

리오는 무거운 한숨을 내쉬었다.

노블은 계속해서 메이블을 부르고 있었다.

"제발 정신 차려라, 메이블! 그 힘은 우리가 다룰 수 있는 것이 아니야!"

물론 소용은 없었다.

메이블, 아니, 숙주를 찾은 파프니르는 노블과 리오를 주시하고 있었다.

리오는 직감에 따라 일부러 검을 뽑지 않았다.

그는 적이 있다고 해서 무조건 검을 들고 살기를 품는 것이 대수가 아님을 체득한 자였다.

그것이 들어맞았는지 파프니르는 아직까지 공격을 하지 않고 있었다.

침묵만이 이어지는 그 시간 동안 리오는 온갖 생각을 다 해봤다.

'여기서 공격할까? 아니, 노블 공주와 이곳 사람들의 안전을 가장 먼저 확보해야 돼. 하이엘바인님과 쑤밍을 부를까?'

그는 정신감응을 하려다가 그만두었다.

그것 역시 직감이었다.

'나 말고 블랙 드래곤들이 공격할 대상은 하이엘바인님과 쑤밍뿐이야. 이미 힘끼리 충돌하고 있어. 그런 상황이라면 둘은 나에게 먼저 정신감응을 시도했을 거야. 여태까지 그래 왔잖아?'

뭔가 문제가 있어서 정신감응을 못하고 있을 것이다.

그렇다면 굳이 자신이 정신감응을 시도하여 파프니르를 자극할 필요는 없다.

리오의 추리였다.

이렇게 사람이 많은 곳에서 적을 자극하는 것은 객관적으로 봐도 지극히 위험한 행위였다.

그는 하이엘바인과 쑤밍이 알아서 잘해주길 기원하며 파프니르에 집중했다.

'메이블 공주를 숙주로 삼았는데, 기능이 전부 회복된 걸까?'

그는 아닐 수도 있다는 생각을 해봤다.

'이쪽에 대해서는 경계할 수밖에 없을 거야. 저 코어는 나에게 한 번 당한 일이 있으니 더욱 그렇지.'

리오의 생각이 점점 빨라졌다.

'기능이 불완전하기 때문에 자신이 언제든 부릴 수 있는 존재가 필요했겠지. 서룡족을 기본으로 하여 만들어졌으니 서룡족에 대한 특별한 침식 능력을 갖고 있을 수도 있어. 이건 좀 불확실하군.'

이곳에 있던 블랙테일 부족은 셋이었다.

그러나 느껴지는 것은 둘뿐이었다.

보이지도, 느껴지지도 않는 그 하나가 리오의 뒤통수를 불편하게 만들었다.

'최대한 빠르게 치고 이탈하는 게 나을까? 메이블 공주의 생사 여부는 부딪혀 본 다음에 판단해도 되지만…….'

그가 웃었다.

'먼저 얘기를 해볼까?'

혹시라도 얻을 수 있는 것이 있을지 모른다고 그는 생각했다.

"지금의 숙주로 만족하나?"

그가 물었다.

노블은 옆에 있는 남자가 대체 무슨 의도로 그런 소리를 하는지 알 수가 없어 화가 났다.

노블이 하얀 밀가루를 뒤집어쓴 것처럼 생긴 파프니르는 리오를 한참 바라보다가 이윽고 목소리를 냈다.

"너는 배제 대상 2순위. 그 질문에 대답할 수 없다."

"저번에도 그러더니 좀 궁금하군. 내가 2순위면 1순위는 누구야? 하이엘바인님인가?"

"휀 라디언트."

리오의 여유 넘치는 미소 한구석이 아주 조금 찌그러들

었다.

“그래, 그 녀석을 잠시 잊었군. 그런데 그 녀석과 싸웠다고?”

“배제 대상 1순위가 마스터 파프니르를 파괴했다. 모든 파프니르는 비상 기동 체제로 돌입하여 배제 대상을 추적, 분쇄하기 위한 준비에 돌입한다.”

리오는 한참 동안 생각한 끝에 눈을 감으며 이마를 눌렀다.

‘그래서 내 친구들 중 한 놈이 바보짓을 했다고 로키가 지껄인 거군. 녀석이 왜 그런 짓을 했지? 주신계에서 설정한 목표가 파프니르였나?

현재로서는 알기 힘든 일이었다.

파프니르와 대화는 그에게 호기심을 불러일으켰다.

“너희들은 왜 이곳에 배치됐지?”

“그 질문에 대답할 수 없다.”

“그러시군. 혹시 로키라는 이름을 아나?”

그는 바로 질문을 갖다 붙였다.

상대가 자신의 질문에 거부를 하긴 했지만 듣기는 끝까지 듣고 있음이 확인됐기 때문이다.

“로키. 니블헤임의 주인.”

니블헤임이라는 말에 수인들이 시끄럽게 비명을 지르며

벌벌 떨었다.

그들이 왜 그러는지 여태껏 들어왔던 리오는 다음에 붙일 질문을 필사적으로 찾았다.

"로키와 너희들은 무슨 관계지?"

"대답할 수 없다."

"로키가 아스가르드의 신이었다는 사실은 아나?"

"기록에 없다."

"하이엘바인님은?"

그것은 정말 무심코 던진 질문이었다.

"결전 병기."

리오의 안색이 단번에 바뀌었다.

"결전 병기라니, 무슨 소리야!"

파프니르가 눈을 깜빡거렸다.

"파프니르들은 하이엘바인의 전투 기록을 보유하고 있다."

"너희들 문제 말고! 지금 난 하이엘바인님에 대해 물었어!"

그 붉은 장발의 남자가 목에 핏대를 세우자 노블이 깜짝 놀랐다.

"하이엘바인은 아스가르드의 결전 병기. 아스가르드의 모든 신들에게 사랑과 축복을 받은 존재. 아스가르드의 마지막

희망."

파프니르의 말이 거기서 멈췄다.

리오는 안도의 한숨을 쉬었다.

'뭐, 그 정도의 미사여구 정도야 당연한 분이지.'

"오딘의 마지막 자식."

안도와 동시에 들려온 대답.

냉기가 리오의 뒷머리를 타고 등을 지나 발뒤꿈치까지 내려갔다.

그는 자신의 긴 앞머리 사이에 왼손을 묻었다.

만약 파프니르가 사실을 말했다고 쳤을 때, 하이엘바인에 대한 이야기를 꾸준히 해준 오딘과 이따금씩 자신에 대한 이야기를 즐겁게 꺼냈던 하이엘바인 모두가 리오에게 거짓을 말한 것이 된다.

파프니르가 거짓을 말했다고 해도 그냥 끝날 문제가 아니었다.

그녀가 거론될 만큼 큰 음모가 파프니르와 반드시 관련되었다는 말이 되기 때문이다.

'잠깐, 진정해야 돼.'

그는 옆에 있는 노블 공주와 파프니르에게 한 번씩 시선을 줬다.

자신이 왜 그들을 봤는지 그는 기억나지 않았다.

그는 그만큼 흥분하고 있었다.

"그러니까… 이름이 뭐였지? 아, 메이블."

리오가 실없이 웃었다.

"메이블 공주를 놔줄 용의는 없나?"

"대답할 의무는 없다."

"좋아."

리오는 걸음을 옮기며 디바이너를 들었다.

'그래, 저 녀석은 코어에 이상이 있는 거야. 그러니 내가 묻는 말에 친절히 대답했겠지. 망가진 기계가 제대로 된 말을 할 리가 없잖아?'

그의 왼손에서 오딘의 철회색 대검, 그람이 나와 손에 잡혔다.

'다 헛소리야.'

걸어가는 그의 팔을 노블이 붙들었다.

"기다리게! 내 동생이란 말일세!"

노블만 특이하게 어떤 느낌을 받은 것은 아니었다.

혼란에 빠진 채 왕궁 밖으로 나와 있는 주변의 모든 수인들이 리오의 살기에 압도당하고 있었다.

리오의 호흡은 거칠었다.

붉은 빛이 흘러나오는 두 눈은 대상을 격살하겠다는 충동에 사로잡혀 있었다.

그 살기에 자극받은 파프니르가 하늘로 날아올랐다.

하얗기만 하던 색이 검게 물들었다.

메이블의 작은 몸집 위에 검은색의 또 다른 고깃덩어리들이 만들어져 단단한 벽을 쌓았다.

네 개의 튼튼한 발과 머리, 꼬리가 마치 그림처럼 순식간에 구축되었다.

날개만 없는 파프니르의 모습이 왕궁 위에서 위용을 드러냈다.

"윽……!"

리오는 꾹 참듯 그람을 거뒀다.

그의 호흡과 눈빛이 차츰 정상으로 돌아왔다.

살기 역시 사라졌다.

그는 자신이 왜 그람을 꺼냈는지 이해할 수 없었다.

'너무 흥분했나? 내가 왜 이런 일로 흥분하지?'

리오는 심호흡으로 마음을 다시 가라앉혔다.

"공주님께서는 여길 피하십시오. 계시다 보면 하이엘바인님이나 쑤밍이 공주님을 모시러 올 겁니다."

"메이블이……!"

"지금은 공주님까지 위험합니다!"

그는 다시 파프니르를 봤다.

외피 위에 비늘이 막 입혀지고 있었다.

"이걸 두르십시오."

리오는 망토를 벗어서 노블에게 둘러주었다.

"좀 무거우시겠지만 이것만 뒤집어쓰고 계시면 큰일은 안 당하실 겁니다. 믿고 가십시오, 어서요!"

"그, 그렇게 하겠네!"

노블은 머리부터 단단히 두른 리오의 망토를 땅 위로 질질 끌며 그곳을 벗어났다.

리오는 괴수의 등장으로 공황 상태에 빠져 아무것도 하지 못하는 회색여우 왕국의 사람들도 돌아봤다.

"살고 싶으면 당신들도 도망쳐! 병사들이 대피를 도우란 말이야!"

그 외침이 먹혔는지 병사들이 사람들을 인솔하여 대피를 시작했다.

대피 행렬에 회색여우 왕국의 왕은 보이지 않았다.

꽤 훌륭한 복장의 어린아이가 가장 귀중한 대접을 받으며 도망칠 뿐이었다.

리오는 아까 파프니르의 공격에 파괴된 왕궁을 봤다.

'알현실이 통째로 날아갔군.'

그는 디바이너를 굳게 쥐었다.

'나중에 생각하자, 나중에!'

모습을 완전히 갖춘 파프니르가 땅에 내려왔다.

날개가 없어 야수나 혹은 마수처럼 보였다.

하지만 드래곤의 형태를 가진 대부분의 존재에게 있어서 날개 따위는 멋진 장신구일 뿐이라고 해도 과언이 아니었다.

드래곤의 모습이 된 용족을 하늘로 띄우는 것은 날개의 움직임에 적용되는 물리법칙도 한몫한다.

드래곤의 날개 뼈는 몸을 구성하는 뼈 가운데 가장 탄력이 있고 강력하다.

날개 사이에서 날개를 서로 잇는 가죽은 생물에서 얻을 수 있는 가죽 중에서 최고로 튼튼하면서도 가장 재생이 잘되는 부위다.

그렇다 해도 초고밀도의 근육과 두꺼운 외피, 갑옷과도 같은 다중 각질, 그리고 뼈까지 금속 이상의 강도를 가진 무거운 생물을 작은 새처럼 자유롭게 만들어주려면 날개의 힘만으로는 역부족이다.

날개가 강한 드래곤은 날 수 없지만 마법이 강한 드래곤은 그와는 달리 하늘만이 아니라 심해에서도 자유롭게 움직일 수 있다.

리오는 위의 사실을 잘 알고 있었다.

그는 날개 없는 파프니르가 땅에서만 싸울 수 있을 것이라는 생각을 아예 버렸다.

파프니르가 거친 손톱을 앞세워 리오를 공격했다.

생물 병기의 원시적인 기세와 보라색의 검광이 정면으로 충돌했다.

파프니르의 앞발이 힘에 밀려 옆으로 젖혀졌다.

리오는 검을 옆으로 길게 뻗은 채 자세를 바꾼 뒤 최소한의 움직임으로 최대한의 탄력을 살려 무방비한 파프니르의 목을 쳤다.

목 아래의 각질과 비늘이 불똥을 튀기며 갈라졌다.

제법 충격이 컸는지 파프니르가 뒤로 뛰어 왕궁의 벽에 달라붙었다.

파프니르의 꼬리 쪽에 매달린 네 장의 큰 비늘이 떨어져 리오에게 날아갔다.

각각의 비늘들은 크기도 컸지만 무기에 가까울 정도로 예리했다.

디바이너의 보라색 검광이 날카롭게 비늘 네 개를 자르고 부쉈다.

부수면서 돌격하는 리오는 파프니르 이상으로 저돌적이었다.

파프니르의 등판 비늘들이 스르르 떨리더니 바짝 일어났다.

비늘이 보호하고 있던 투명한 기관들이 일제히 검은색의

빛줄기를 난사했다.

전진 도중 방향을 바꿔 자신을 따라오는 빛줄기들을 피한 리오는 폭발을 뒤로한 채 다시 돌진했다.

그가 뛰어올라 파프니르를 덮쳤다.

“타앗!”

그의 검이 파프니르의 검은색 각질과 비늘을 깨고 뒷목에 박혔다.

디바이너에 실린 막강한 파괴력은 파프니르의 방어 능력을 가볍게 초월했다.

그는 그대로 적의 목을 긋고 비틀려 했다.

그러나 어느새 재생되어 튀어나와 자신에게 날아드는 네 장의 비늘들 때문에 대충 검을 비트는 것으로 만족해야 했다.

부상을 당한 파프니르는 왕궁의 벽을 타고 빠르게 이동했다.

외부 성벽을 향해 뛰어 그 위에 붙은 뒤 다시 뛰는 모습이 역동적이었다.

‘근접전에서 자신이 불리하다는 걸 알았군.’

파프니르는 빨랐다.

하나 파프니르의 머리 위에서 곧장 떨어지는 리오는 더욱 빨랐다.

그는 낙하 직전에 검을 양손으로 쥐고 옆으로거세게 휘둘렀다.

검에 맞은 파프니르의 머리가 대포에 맞은 것처럼 터져 비산되었다.

목의 단면이 위아래로 갈라지더니 새로운 머리로 바뀌었다.

목만 조금 짧아진 것뿐, 파프니르의 능력에는 큰 차이가 없었다.

'저 정도의 재생 능력이면 요구하는 에너지가 막강할 텐데, 그 작은 수인족 소녀에게 그런 힘이 있다고?'

리오는 믿을 수가 없었다.

'에너지 말고 다른 것이 필요한 게 아닐까?'

머리의 기능을 회복한 파프니르가 포효했다.

꼬리에서 이탈한 비늘들이 지그재그로 비행하며 리오에게 다가왔다.

동시에 파프니르의 등판에서 솟아오른 검은색 빛들이 앞서 출발한 비늘들에 충돌했다.

빛들은 그야말로 비처럼 마구 튀었다.

리오는 보호막으로 그 검은 소나기를 막아낼까 하다가 생각을 바꾸고 빠른 동작으로 공격을 피했다.

그가 보호막을 쓸 것을 계산하고 숨결 공격을 준비했던 파프니르는 입맛을 다시며 리오의 공격에 대비했다.

고속으로 접근한 리오는 파프니르의 앞발 관절을 후려쳤다.

몸통은 노리지 않았다.

안에 있는 메이블 때문이었다.

파프니르는 앞발 하나를 잃으면서도 리오를 몸으로 밀어붙였다.

리오와 가까워지는 모든 신체에서 비늘이 송곳처럼 일어나 그를 찌르려 했다.

리오는 옷과 피부 일부가 찢어지는 것을 각오하고 파프니르와 간격을 유지했다.

사실 파프니르를 죽이려면 몇 번이고 죽이는 게 가능했다.

문제는 파프니르 내에 있는 메이블이었다.

리오는 이 문제를 어찌 처리해야 할지 조금 막막했다.

해당 정보가 거의 없을뿐더러 메이블의 목숨이 직결되는 문제라 모험을 할 수가 없었다.

그 무렵, 하이엘바인과 쑤밍이 리오와 노블이 있는 왕궁으로 차례차례 도착했다.

리오가 조금 불완전한 파프니르와 싸우는 것을 본 하이엘바인은 노블의 기척을 찾아 왕궁을 뛰어다녔다.

그녀는 노블의 위치를 리오에게 묻고 싶었지만 정신감응은 여전히 불통이었다.

'이런 일까지 의지할 수는 없지 않나!'

결심을 한 하이엘바인은 초감각을 최대한 높여서 노블을 찾기로 했다.

그러나 노블 대신 느껴지는 것은 신기하게도 리오의 망토였다.

그녀는 리오가 왜 망토를 수로 사이에 던져 놓고 갔는지 궁금했다.

'파프니르 같은 상대라면 오히려 망토를 사용하는 게 낫지 않은가?'

그녀는 별생각 없이 망토를 줍기 위해 수로 쪽으로 갔다.

마침 쑤밍도 수로로 다가왔다.

"하이엘바인님!"

"오오, 쑤밍!"

거기서 서로 만난 하이엘바인과 쑤밍은 상대를 번갈아 살폈다.

가장 힘들어 보이는 쪽은 쑤밍이었다.

눈물과 콧물, 그리고 타액 등으로 범벅이 된 그녀의 얼굴은 하이엘바인으로 하여금 말없이 가방에서 수건을 꺼내도록 만들었다.

"닦으려무나."

"……."

쑤밍은 고개를 들지 못했다.

그녀가 슬퍼하는 모습을 처음 본 하이엘바인은 그녀의 어깨를 붙들고 얼굴을 닦아주었다.

"좋은 얼굴을 리오에게 보여줘야 하지 않느냐."

쑤밍이 가까스로 웃었다.

그녀의 얼굴을 정성껏 닦아준 하이엘바인은 리오의 망토를 줍기 위해 수로 아래로 내려갔다.

수로의 깊이는 하이엘바인의 무릎 정도였고 너비는 그녀가 겨우 쪼그려 앉을 수준이었다.

"저 친구, 왜 이런 곳에 망토를 벗어뒀담?"

그녀가 망토에 손을 대려는 순간 망토 밖으로 노블의 머리가 불쑥 나왔다.

"오, 하이엘바인님이구려."

"노블 공주? 세상에, 여기서 계속 계셨단 말이오?"

하이엘바인은 바로 그녀를 꺼내 품에 안아주었다.

안는 와중에 망토가 떨어지려 하자 노블은 필사적으로 그것을 붙잡았다.

하이엘바인에게는 그 모습이 묘하게 눈에 남았다.

"이곳에 계시다니, 어찌 된 일이시오?"

"메이블이 파프니르에게……."

말을 심하게 줄였지만 하이엘바인은 노블의 동생이 이미 파프니르 코어에 붙잡혔고 결국 리오가 그것을 막고 있다는 사실을 충분히 유추할 수 있었다.

"리오가… 이걸 뒤집어쓰고 있으면 큰일은 당하지 않을 거라고……."

노블의 작은 손발이 달달 떨렸다.

하이엘바인은 쑤밍의 도움을 받아 그녀에게 망토를 다시 둘러준 뒤 안아서 어루만졌다.

"이제 괜찮으실 겁니다. 제가 공주님을 지켜 드리겠습니다."

빙긋 웃는 하이엘바인을 물끄러미 올려다보던 노블은 곧 상대방의 가슴에 기대었다.

"쑤밍."

"예, 하이엘바인님."

하이엘바인은 말하기에 앞서 파프니르를 계속 붙잡고 있는 리오를 봤다.

"정신감응을 시도해 본 일이 있느냐?"

"그렇습니다. 하지만 실패했지 말입니다."

"정신감응을 일부러 교란시키려면 어떤 수단이 필요한지 아느냐?"

쏘밍은 기억을 되짚어봤다.

"음… 제가 스승님께 배운 방법 중에 상대방의 정신감응을 어떻게든 들어서 감응에 사용하는 영역을 알아내는 방법이 있었지 말입니다."

하이엘바인은 자신과 블랙테일 청년이 정신감응을 사용하던 도중 문제가 발생한 기억을 떠올렸다.

'노리고 있었나?'

하이엘바인은 고개를 흔들었다.

"해소하는 방법은 무엇이냐?"

"정신감응 영역을 교란시키는 자를 찾아내서 제거하는 것이지 말입니다."

"내 기억상 블랙테일의 청년은 분명 셋이었는데, 나머지 하나는 어디 간 것이냐?"

쏘밍은 정신을 집중하고 사방을 둘러봤다.

"제 감각 범위 내에는 발견되지 않습니다."

"그렇다면 잠시 공주님을 부탁한다."

쏘밍에게 공주를 넘긴 하이엘바인은 우선 그들로부터 거리를 뒀다.

리오와 파프니르의 싸움으로 엉망이 된 정원 한가운데에

선 하이엘바인은 주먹들을 꽉 쥐고 넘쳐나는 힘을 집중시켰다.

"후우, 하앗!"

그녀의 눈동자가 황금색으로 빛났다.

평소처럼 눈동자 색만 바뀐 게 아니라 등불처럼 찬란하게 빛나고 있었다.

"조금 더!"

하이엘바인의 온몸에서 황금색의 전류가 일어났다.

지크가 근육을 경직시킬 때마다 무의식적으로 전류를 흘리는 모습을 자주 봤던 쑤밍은 상당히 놀랐다.

하이엘바인의 눈빛이 더욱 강해졌다.

동서남북을 차례로 살핀 그녀는 왕궁 위로 올라가 도시의 전경을 훑어봤다.

자신의 원래 컨디션 수준으로 시력을 강화시켰음에도 불구하고 남은 한 명의 블랙테일이 보이지 않았다.

"아, 설마?"

그녀가 고개를 위로 들었다.

상공 까마득한 지점, 즉 용족이 활동할 수 있는 한계 고도에서 비행하고 있는 블랙 드래곤 한 마리가 보였다.

"후우."

그녀가 숨을 내쉬었다.

"하아아앗!"

일시에 큰 숨을 들이마신 하이엘바인은 생머리로 풀어둔 머리카락이 무의식적으로 너울거릴 만큼 엄청난 힘을 끌어냈다.

강력한 황금색 전류가 그녀의 몸에서 맹렬히 솟아올라왔다.

급기야 건물 수층 높이까지 전류가 치솟기 시작하자 쑤밍과 노블은 기적과도 같은 광경을 목격할 수 있었다.

도시의 앞바다에 안개가 끼는가 싶더니 마치 산불이라도 난 듯 대량의 먹구름이 올라왔다.

도시와 그 인근까지 두껍게 덮은 구름 속에서 전류들이 춤을 췄다.

당장에라도 번개를 토해내고 싶어 고통스러워하는 듯한 움직임이었다.

이윽고, 구름들로부터 일제히 번개가 쏟아졌다.

번개가 단 한 줄도 남지 않고 하이엘바인에게 집중되자 그녀가 서 있는 왕궁 건물이 열로 새카맣게 구워졌다.

하이엘바인이 오른팔을 높이 든 뒤 검지를 하늘로 뻗었다.

왼손으로 오른쪽 팔뚝에서 가장 굵은 부분을 단단히 잡았다.

"블랙테일 부족의 전사여!"

그 호령이 파프니르에게 침식된 채 하이엘바인 일행의 정신감응 영역을 방해하던 블랙 드래곤의 귀에까지 또렷이 들렸다.

"그대의 이야기를 나에게!"

그녀의 몸에 응축된 번개가 검지를 떠나 하늘로 용솟음쳤다.

"이야기가 전해지는 한, 전사는 불멸이리니!"

올라가면서 점점 굵어지던 황금의 번개가 육중한 블랙 드래곤의 몸을 완전히 집어삼켰다.

공격이 여기까지 올라올 줄 모르고 방심했던 것인지, 아니면 영혼이나마 하이엘바인의 부름에 응한 것인지는 알 수 없다.

하지만 블랙 드래곤은 그 초고열의 전류 속에서 순식간에 탄화되어 사라졌다.

타고 또 타들어간 검은색 덩어리가 하이엘바인을 향해 떨어졌다.

그 작은 덩어리를 손으로 받은 하이엘바인은 그것을 쥐어서 깼다.

안에는 그녀가 앞서 다른 블랙테일 청년의 몸에서 회수한 것과 똑같은 캡슐형 기록 장치가 있었다.

구름이 걷혔다.

구름을 헤치고 드러나는 빛이 한참 육탄전을 벌이고 있는 리오와 파프니르에게 쏟아졌다.

리오는 느리고 묵직하게 들어오는 파프니르의 공격을 피하기만 하고 있었다.

그는 자신이 정한 파프니르와의 간격 속에 들어간 이후 검을 거의 휘두르지 않았다. 대신 시선만은 파프니르의 몸에 둔 채 떼지 않았다.

뭔가를 봤을까.

파프니르의 꼬리와 비늘 공격을 상반신만의 움직임으로 피하던 리오가 디바이너를 파프니르의 등과 목 사이의 각질에 찔러 넣었다.

어제 봤던 파프니르의 해부 자료와 눈으로 본 근육의 움직임만으로 잡아낸 급소였다.

등이 휠 정도로 타격을 받은 파프니르가 난동을 부렸다.

등에 달라붙은 리오를 떼기 위해 일부러 성벽을 들이받기까지 했다.

보호막으로 몸을 지킨 리오는 발을 각질과 각질 사이에 단단히 댄 뒤 디바이너의 자루에 어깨를 대고 있는 힘껏 밀어붙였다.

각질끼리 이어주는 하얀 근섬유가 찢어지면서 리오가 원

하던 부위가 활짝 드러났다.

반투명한 하얀색의 근육이 초고속으로 꿈틀거리고 있었다.

그 밑에는 몸을 웅크리고 있는 메이블과 메이블의 품에 안긴 검은색의 구슬이 희미하게 보였다.

"하앗!"

그가 디바이너로 근육을 잘랐다.

생각보다 질겼기에 아예 두 손으로 단단히 잡고 작업했다.

근육이 잘릴 때마다 파프니르의 팔다리, 그리고 꼬리 등이 차례로 멈췄다.

하얀색의 체액을 맞으며 메이블을 끄집어낸 리오는 주위를 돌아봤다.

하이엘바인이 그를 향해 달려오고 있었다.

리오는 그녀에게 메이블과 파프니르 코어를 던졌다.

코어가 발광하자 멈춘 듯했던 파프니르가 다시 꿈틀거렸다.

파프니르의 위에서, 리오가 검을 치켜든 채 오른팔의 스펠다이얼을 조합했다.

"타앗!"

기합과 함께 마법검, 플레어버스터의 진홍색 폭발이 파프니르의 몸을 가르고 잘게 조각낸 뒤 소멸시켰다.

폭발의 열기에서 벗어난 리오는 사냥을 방금 마친 붉은 갈기털의 야수처럼 인상을 잔뜩 찡그린 채 한숨을 푹 쉬었다.

"이제 파프니르는 질린다고."

중얼거린 그는 하이엘바인 쪽으로 걸어갔다.

하이엘바인은 파프니르 코어를 최대한 멀쩡히 보존시키기 위해 고민하고 있었다.

코어에는 에너지가 충만해서 숙주만 찾는다면 언제든지 몸을 구축할 수 있었다.

"방법이 있겠습니까?"

"모르겠네. 고장을 내지 않고는 방법이 안 보이는군."

하이엘바인은 두 팔로 코어를 눌렀다. 코어는 해양생물처럼 하얀색의 에너지들을 사방으로 뿜으며 숙주나 침식 대상을 찾기 위해 발악했다.

리오의 눈에 마침 거의 다 사라진 먹구름이 보였다.

"전류로 구워보는 건 어떻겠습니까?"

"될지 모르겠군."

하이엘바인은 코어를 껴안은 채 전류를 방출했다.

약 5분 가까이 전류를 방출한 끝에 파프니르 코어에서 흰 연기가 솟아올랐다.

코어의 색이 탁해지고 에너지의 방출도 사라졌다.

"대충 된 것 같군요."

"아아."

하이엘바인은 맥이 풀린 듯 자리에 주저앉았다.

그녀의 뱃속에서 음식을 달라는 소리가 우렁차게 흘러나왔다.

"쑤밍, 메이블 공주의 상태는?"

방에서 입고 있던 옷을 그대로 입은 채 잔디 위에 누워 있는 메이블은 그냥 봐서는 상태가 나쁘지 않았다.

교신기에 달려 있는 생체 진단 기능을 이용해 그녀의 전신을 살핀 쑤밍은 결과 화면을 확인한 뒤 모두를 보며 밝게 웃었다.

"건강하시지 말입니다."

"아아!"

노블이 탄성을 터뜨렸다.

탄성 뒤에는 두 손으로 얼굴을 가리더니 큰 소리로 울었다.

쑤밍이 그녀를 축하해 주는 한편, 리오가 힘겹게 고개를 흔들었다.

"이걸로 정말 끝이면 좋겠군요."

그가 한탄했다.

하이엘바인의 뱃속에서 나온 꼬르륵 소리가 대답을 대신했다.

리오는 뒷머리를 긁적거렸다.

'오딘님의 마지막 자식이라고? 하이엘바인님이?'

그는 벌렁 누워 있는 하이엘바인에게 잠깐 눈을 뒀다가 다시 돌렸다.

'그냥 기계 이상이었다고 치자니 잠을 못 잘 것 같군.'

그가 연거푸 한숨을 쉬었다.

CHAPTER 32
예외 규정

리오 일행이 황금여우 왕국 수도를 떠난 지 이틀째 되던 날 아침.

식사 당번으로 자리를 잡은 케롤은 항상 그랬듯 모닥불을 피우고 그릇과 냄비 등을 정리하느라 분주했다.

처음에는 리오에 대한 생각이 그의 자존심을 지켜주었으나 적응이 될 대로 된 지금은 모든 식사에 대한 책임감까지 느끼고 있었다.

조금 늦게 일어난 지크는 블랙테일 부족이 협조해 주고 있는 음식 재료를 보며 고민하는 케롤과 마주쳤다.

흰색 두건을 쓰고 머리는 굵게 땋아 내린 그 악마는 차마 지크라 해도 뭐라 질문하기가 미안할 정도로 진지한 표정이었다.

"뭘 만들까요?"

먼저 말을 건 사람은 케롤이었다.

"쇠고기 당근수프는 어때."

당근이란 말에 케롤이 고개를 저었다.

"루이체 아가씨가 당근을 얼마나 싫어하는데요."

"응? 피망 아니었어?"

"피망도 싫어하시고 당근도 싫어하시죠. 애들이 다 그렇잖아요?"

케롤이 눈웃음을 쳤다.

지크는 떫은 얼굴이 됐다.

"다 커서 그러면 안 되는데 말이지. 리오가 너무 오냐오냐 키워서 그래."

"그냥 좋게 생각하세요. 아가씨는 그냥 피망과 당근을 싫어하시는 것뿐이니까요."

"흠, 그렇군. 알았으니 오늘 아침은 쇠고기 당근수프로 해."

"고집 참 세시네요."

결국 그날의 아침식사는 당근을 뺀 쇠고기 수프와 각종 빵으로 결정되었다.

루이체는 수프에 당근이 없다는 사실에 만족했고 지크는 자신이 무슨 말을 했는지 전혀 기억을 못하는 듯 음식을 꾸역꾸역 먹었다.

일행은 평상시대로 모닥불 주위에 빙 둘러앉아 식사를 했다.

하지만 식사 분위기는 조금 뒤에 참석한 손님 때문에 무거워졌다.

뒤늦게 식사에 참석하여 가장 먼저 끝낸 블랙테일 부족의 족장, 카이리는 접시를 땅에 내려놓았다.

"아, 잘 먹었다. 트리비터 도련님은 요리 솜씨가 정말 좋네?"

"가, 감사해요."

움찔했던 케롤은 서둘러 식사를 계속했다.

루이체는 빵의 끝을 오독오독 씹었다.

'갑자기 또 무슨 일로 온 거야?'

루이체는 그녀가 왠지 모르게 싫었다.

카이리가 딱히 혐오감을 살 만한 행동을 한 적은 일절 없었다.

굳이 꼽아보라면 파프니르의 일을 넘기라며 리오와 충돌을 했을 때뿐이었다.

현재 카이리는 리오 일행과 황금여우 왕국 모두를 돕고 있었다.

일행에게는 식재료를 제공했고 황금여우 왕국에게는 건물 수리에 필요한 인력을 제공하여 복구를 도왔다.

물론 그 모든 것은 무상이었다.

루이체와 달리 지크는 그녀가 싫지 않았다.

단지 좀 무서울 뿐이었다.

"오늘은 웬일로 여기서 식사하시네요?"

"어제 리오가 오늘 이곳으로 돌아오겠다고 나에게 직접 연락을 했지. 왜 거기서 하루를 지냈는지 모르겠지만 아무튼 잠이 잘 안 오더라고."

"코어 때문이신가요?"

루이체가 조금 당돌한 어투로 물었다.

"그것도 있고, 무엇보다 내 부하들의 기록 장치가 존재하거든."

"기록 장치요?"

"응."

카이리가 자신의 늑골 아래를 손으로 눌렀다.

"우리는 머리나 이쪽에 신체 상태에 대한 모든 것을 실시간으로 기록하는 장치를 심지. 세포 분열 횟수부터 몇 가지의 병균과 접촉했는지, 머리카락이 하루에 몇 개나 빠졌는지도 알 수 있어."

"개인 생활이란 없는 거네요."

"그렇긴 해. 하지만 크게 보자면 대단히 중요한 기계야. 서룡족 가운데 가장 건강한 신체를 가졌다고 할 수 있는 블랙테일 부족이 임무 수행 중에 알 수 없는 질병으로 사망했다 쳐봐. 그 용사가 남긴 신체 기록은 이후에 그 질병으로부터 수많은 서룡족을 구하는 지표가 되지."

카이리의 그런 발언들은 루이체가 가진 반발심을 키웠다.

카이리를 비롯한 블랙테일 부족 전체는 항상 '집단을 위한 집단' 으로서 활동할 뿐, 개인적인 목적을 드러내는 경우는 별로 없었다.

있다면 딱 하나, 파프니르에 대한 카이리의 개인적인 복수심이었다.

"그런데 리오와 함께 다닐 때는 항상 이런 식인가?"

그녀가 정한 '너희' 의 범위에는 지크와 루이체만이 들어있었다.

최근부터 함께 다니게 된 케롤은 제외 대상이었다.

"무, 무슨 말씀이시죠?"

"음. 실례가 되는 얘기지만 일을 전부 리오 혼자서 떠맡고 있다는 느낌이 들어서 말이야."

지크와 루이체의 가슴을 제대로 때리는 말이었다.

"물론 그 친구가 유능하기 때문에 그렇다는 것은 인정해. 하지만 지크, 자네는 어엿한 현장요원이고 루이체 역시 자기 몫을 할 능력이 있기 때문에 이 위험한 곳에 배치가 된 거잖아? 하지만 리오가 없는 동안 자기 일을 한 사람은 케롤밖에 없는 것 같더군."

카이리는 진심으로 연장자의 입장에서 최대한 가볍게 해주는 충고였다.

그런데 지크와 루이체의 얼굴은 밖에서 얻어맞고 온 애들처럼 빨갛게 변했다.

오히려 카이리가 민망해할 정도였다.

'이렇게 순진한 애들이었나?'

양쪽의 분위기가 급속도로 냉각되자 눈치를 살피던 케롤이 얼른 나섰다.

"너, 너무 그렇게 압박하지 마세요, 촌장님."

"족장."

"아, 족장님. 아무튼 지크님이랑 루이체 아가씨 모두 놀고 싶어서 노시는 게 아니에요."

"내가 모르는 사정이라도 있나?"

"그럼요."

케롤이 뿔테 안경을 만지며 웃었다.

"그냥 두 분 다 무능한 것뿐이에요."

"허어."

카이리가 고개를 끄덕거렸다.

케롤은 지크와 루이체에게 동시에 눈총을 받았으나 전혀 개의치 않고 차를 끓였다.

찻잔을 받아 든 카이리는 가볍게 차의 향기를 한 번 맡아봤다.

"오, 실력 정말 좋군. 우리 젊은 애들은 남자애든 여자애든 이런 거 전혀 못하거든. 애들이 애교를 몰라."

"그저 교양일 뿐이지요."

케롤의 기세가 점점 올라갔다.

"화제를 좀 돌려볼까?"

카이리가 말했다.

"파프니르 얘기만 계속해서 미안한데, 현장에서 우리 애들 세 명이 죽었어. 파프니르에게 침식을 당했지."

"침식이요?"

루이체가 물었다.

"서룡족의 육체를 침식하여 조작한다더군. 실은 쑤밍도 침식을 당할 뻔했다는데, 그 아이는 동룡족이라 문제가 없었나 봐. 아, 한 잔만 더 주겠나?"

케롤이 얼른 찻잔을 받아 들고 찻물을 따랐다.

"리오가 일정보다 늦어지게 된 이유도 실은 쑤밍 때문이야. 그 아이에게 문제가 있는지 없는지 알아보기 위해 교신기 세 대를 동원해서 정밀 진단을 했다는군. 이상은 없다고 하는데, 아무튼 서룡족 입장에서는 그냥 넘어갈 수 있는 문제가 아니야."

그녀가 인상을 썼다.

"선대 족장, 우리 아버지께서도 그 파프니르의 침식 때문에 돌아가셨어. 만약 그때 아버지의 몸에 기록 장치가 있었다면 그 애들은 당하지 않았을지도 몰라."

그녀의 손에 찻잔이 다시 들렸다.

"난 만약에 대비해서 애들에게 저주에 의한 정신 침식이나 육체 침식 방어에 대한 훈련도 꽤 철저하게 시켰거든. 하지만 파프니르에겐 소용이 없었지. 그래서 코어도 코어지만 죽은 부하들의 기록 장치가 지금은 더 중요해."

그녀가 잠깐 말을 끊었다.

"훈련받은 애들이 그렇게 될 정도라면 민간인들은 삽시간이야. 혹시라도 파프니르나 그에 준하는 능력을 지닌 존재가 드래고니스로 들어간다고 생각해 봐. 그건 정말 걷잡을 수 없는 일이 될 거야."

카이리는 진지했다.

아까 짜증을 내듯 코어 때문에 온 것이냐고 물었던 루이체는 얼굴을 들 수가 없었다.

카이리의 이야기가 계속됐다.

“파프니르가 이곳 외의 세계에서 발견됐다는 정보는 아직까지 없었어. 그건 정말 다행이라고 봐. 하지만 걱정인 게, 우리가 오랜 시간 동안 주둔하고 있을 때는 꼼짝도 하지 않던 것들이 하필 자네들이 왔을 때 움직였다는 거야.”

“까마귀 날자 배 떨어진다는 말이 있죠.”

지크가 속담 한 구절을 읊었다.

“배가 뭔지 모르겠지만 좋은 속담인 것 같군. 그런데 걸리는 부분이 많아. 파프니르는 아스가르드의 기술을 이용해 만들어졌음이 밝혀졌어. 그리고 하이엘바인님은 공식적으로 오딘님과 더불어 유일하게 살아남은 아스가르드의 신족이야. 게다가 그분은 원수나 다름없는 로키에게 파프니르와 대적하라는 뉘앙스의 지시를 받으셨지.”

“…….”

“절대 그냥 넘어갈 문제가 아니야.”

지적한 카이리는 어깨에 달린 작은 주머니에서 담배를 꺼내 입에 물었다.

“개인적으로는 정말 우연이라고 생각하고 싶어.”

그녀의 이야기가 끝나자 지크, 루이체, 케롤이 서로에게 바삐 시선을 줬다.

듣고 보니 정말 그냥 우연이라고 치기에는 매끄럽지 않았기 때문이다.

한편 멀리 나무 위에서 그들의 대화를 엿듣는 존재가 있었다.

감적색의 로브와 두건으로 몸을 가리고 가면으로 자신을 철저하게 가린 존재.

비숍이었다.

"골 때리는데?"

그가 투덜거렸다.

"왜 여기 오니까 저 녀석들이 있는 거지? 지크에, 루이체였나? 케롤라흐 람 트리비터까지는 그렇다 쳐도 카이리 블랙테일이라고? 로키 녀석이 정신을 못 차렸군!"

그의 가면에 새겨진 무늬가 불그스름해졌다.

"저 녀석들이 있다는 건 리오 녀석과 하이엘바인도 있다는 뜻이겠지. 파프니르 코어는 저기에 없고 그 녀석들이 갖고 있는 것 같군. 이걸 어쩐다?"

그는 검지로 자신의 무릎을 두드렸다.

"할 수 없지. 하이엘바인이 오기 전에 흩어놔야겠군. 블랙테일 부족의 본거지는 예전부터 알고 있었으니 거기까지 해서 두 군데 정도만 애들을 풀어놓으면 되겠지?"

그는 무릎에 두고 있던 검지를 들어 그 위에 어두운 불꽃을 피웠다.

"나와라, 폰(Pawn)."

*　　　*　　　*

카이리를 비롯한 일행은 점심이 가까워질 때까지 시간을 함께 보냈다.

대화는 식사 후 2시간가량 계속됐고 그 이후에는 내놓을 수 있는 대화 카드가 전부 떨어져서 모두 침묵으로 일관했다.

다리를 꼰 채 가만히 있던 카이리의 호주머니에서 신호음이 났다.

뭔가 중요한 일인 듯 무료함에 흐릿했던 카이리의 눈빛이 바짝 되살아났다.

"족장이다. 무슨 일이지?"

그녀의 안색이 단번에 바뀌었다.

"침입자? 주둔지에? 결계는 어떻게 된 건가! 돌파당했다고?"

교신기를 쥔 카이리의 손등에 힘이 잔뜩 들어갔다.

"그래서, 희생자는? 좋아. 침입자들은 그곳에 있나? 두

갈래로 도망쳐서……. 음, 좋아. 그쪽으로 바로 가도록 하지."

그녀는 벌떡 일어나 교신기를 호주머니 안에 넣었다.

"난 주둔지로 가봐야겠네. 지크, 자네 교신기를 나에게 좀 주게."

"제 거요?"

"그래. 바쁜 건 나만이 아니야. 농담하는 거 아니니까 어서 줘."

"예."

진지한 그녀의 무게감에 눌린 지크는 얼른 교신기를 꺼내 그녀에게 건네주었다.

그녀는 지크의 교신기에 근처 지형을 표시한 뒤 어떤 지점을 찍었다.

"주둔지가 기습을 받았어. 놈들은 우리 애들을 셋이나 죽인 뒤에 그대로 달아났다는군. 추격대가 쫓으니 두 패로 나뉘어서 하나는 주둔지 근처에, 다른 하나는 이 도시 근처의 숲으로 향했다고 하더군."

그녀가 지크의 교신기를 돌려주었다.

"거기에 좌표가 있네. 확인하게. 그리고 준비가 끝나는 대로 그쪽으로 가주게."

"적들은 누군가요?"

"모르겠네."

지도를 보던 지크와 식기를 정리하던 케롤, 그리고 일거리를 빼앗긴 채 옆에서 구경하던 루이체가 동시에 그녀를 봤다.

"모르신다니요?"

"주둔지 내부에서도 목격자마다 다른 걸 봤다는군. 누구에게는 검은색 갑옷을 입고 말을 탄 유령 기사로 보였고 누구에게는 선신계 천사처럼 보였다는 거야. 아무래도 내가 가서 확인해 봐야겠네. 제법 큰일일 수도 있으니 자네들도 주의하게."

"그러죠."

지크도 진지했다.

하늘로 뛰어오른 카이리의 등에서 드래곤의 날개가 솟아올랐다. 그녀는 큰 바람과 함께 주둔지가 있는 곳으로 날아갔다.

"자, 우리도 가볼까?"

지크는 좌표 정보를 케롤에게 전송했다. 케롤은 괜히 고유번호를 가르쳐 줬다고 내심 후회했다.

"어, 나는?"

루이체가 당황하여 지크를 불렀다.

지크는 두 손으로 교신기를 쥔 채 자신을 바라보는 동생을 부담스러운 눈으로 바라봤다.

"족장님 정색하는 거 못 봤어? 아무래도 위험한 일 같으니 흥분하지 말고 여기 있어."

"에에!"

"우리가 놓치면 너 혼자 여기를 지켜야 할 수도 있으니 괜히 버리고 가는 거라 생각하진 마. 나중에 리오가 오면 무슨 일이 있었는지 얘기 잘해."

"그럼 좌표를 줘! 그래야 리오 오빠한테 잘 얘기하지!"

"아, 몰라! 여기 있어!"

성질을 낸 지크는 케롤과 함께 숲으로 들어갔다.

혼자 남겨진 루이체는 우왕좌왕하다가 결국 리오의 교신기에 통신을 시도했다.

하지만 신호음만 갈 뿐 연락은 되지 않았다.

그런 그녀 뒤편의 큰 나무 위에 비숍이 웅크려 앉았다.

모습은 확실히 은폐하고 있었다.

'딱 좋군. 그럼 누구부터 해치워 볼까나?'

루이체가 갑자기 뒤쪽을 돌아봤다.

누군가 키득거리는 소리를 언뜻 들어서였다.

* * *

지크와 케롤이 목표가 된 숲으로 들어간 이후 약 30분 정도가 흘렀다.

"슬슬 피 냄새가 나네요."

턱시도의 악마, 케롤이 손에 든 낫으로 숲의 낙엽들을 훑었다.

"일단 사람 같은데?"

"사람 맞아요. 부녀자들이 많네요."

잠시 후, 둘의 눈앞에 통나무로 된 작은 집들이 모인 촌락이 보였다.

집들의 대부분은 완파된 상태였다.

산바람을 통해서 밀려온 진한 피 냄새가 지크와 케롤의 몸에 달라붙었다.

촌락 안의 상황은 더 끔찍했다.

시체 대부분이 파헤쳐져 있었다.

물고기를 잡아 내장을 바르듯 사람들 전원이 나무에 매달린 채 뱃속을 드러내 놓고 있었다.

몸집이 작은 아이들은 나무 대신 어른들의 발아래에 묶여 있었다.

"미친놈들 아니야!"

지크가 격분했다.

"굳이 이렇게까지 할 필요가……."

케롤도 손수건을 입에 댄 채 불쾌감을 드러냈다.

그들의 머리 위로 뭔가 커다란 물체가 휙 지나갔다.

"누구냐!"

지크가 그 물체를 쫓기 위해 지붕으로 올라갔다.

시체는 지붕 위에도 있었다.

"윽!"

하마터면 시체를 밟을 뻔한 지크는 더욱 분노하여 적을 쫓았다.

지크를 뒤에 두고 질풍처럼 숲을 빠져나온 그 존재는 제법 큰 평야에서 멈췄다.

바로 뒤를 쫓아온 지크는 분노에 가득 찬 눈으로 상대를 노려봤다.

오른손에 큰 대검을 든 자였다.

검은색의 두꺼운 중장갑을 단단하게 걸친 그 존재는 투구와 갑옷 사이에서 연푸른색의 연기를 뿜어내고 있었다.

그 기운들이 바람의 방향에 따라 움직였다.

'말을 탄 유령 기사라고 했지?'

앞에 서 있는 자가 틀림없다고 판단한 지크는 오른손을 옆으로 뻗었다.

작지만 강한 회오리바람이 그의 손아귀 속에서 길쭉하게 맺혔다.

바람이 사라지면서 한 자루의 도검이 나타났다.

예전에 파프니르와 싸울 때 불러냈던 것보다 짧은 도검이었다.

케롤이 뒤늦게 옆에 섰다.

"우와, 정말 혐오스럽게 생긴 녀석이네요."

그가 신 것을 씹은 표정을 지었다.

"저토록 선신계 천사를 닮다니, 말도 안 돼요!"

"뭐?"

지크는 선신계 천사가 언제 검은 갑옷을 입었냐고 묻고 싶었다.

적의 투구 속에서 푸른 눈빛이 빛났다.

"여기까지 잘 왔다."

"허, 말을 할 줄 알잖아?"

지크가 이를 뿌드득 갈았다.

"사람들은 왜 그렇게 죽였어!"

적은 대답하지 않고 숲을 빠져나올 때처럼 질풍같이 내달렸다.

지크의 온몸에서 바람이 일어났다.

그의 재킷이 펄럭거리고 머리카락이 흔들렸다.

"녀석은 내가 잡는다!"

돌풍을 일으키며 뛰어오른 지크가 검은 갑옷의 적에게 발길질을 날렸다.

검으로 그의 공격을 튕겨낸 검은 갑옷은 안장에 그대로 앉은 채 날렵하게 손을 뻗어 지크의 발목을 잡았다.

"어라?"

그 상태로 말을 달린 검은 갑옷은 말 위에서 채를 이용해 공놀이를 하듯 지크를 휘둘러 상당히 단단해 보이는 바위를 후려쳤다.

돌이 부서지면서 지크가 튕겨져 나갔다.

"으읍!"

팔로 머리를 감싸 바위를 받아냈던 지크는 돌가루를 떨어뜨리며 일어났다.

"건방진 자식!"

성을 낸 지크가 탄환처럼 튀어나갔다.

돌풍을 동반한 지크의 베기가 날카롭게 검은 갑옷의 몸을 노렸다.

검은 갑옷은 말을 탄 채 전후좌우로 이동하여 공격을 피했다.

말발굽들이 땅에서 떨어지지 않는 것을 본 지크는 심하게 약이 올랐다.

"얕보지 말란 말이야!"

그의 몸에 휘감긴 바람에 전류가 섞였다.

무쇠가 구겨지는 소리와 함께 검은 갑옷이 말에서 떨어졌다.

낙마한 검은 갑옷의 투구는 철퇴에 맞은 듯 구겨져 있었다.

주인을 잃고 움직이던 말이 주인 쪽으로 돌아섰다.

말의 목이 뎅겅 날아갔다.

목이 잘린 말을 발로 쳐 넘어뜨린 지크는 검은 갑옷의 투구를 발로 납작하게 밟았다.

투구 속에 가득 흐르던 연푸른색의 연기가 땅바닥 위로 퍼졌다.

지크는 그것으로도 분이 풀리지 않았는지 도검을 이용해 흉갑을 도려내 잘라 버렸다.

안에는 아무것도 없었다.

투구와 마찬가지로 갑옷의 내부 역시 연기만이 가득했다.

"에잇, 빌어먹을!"

겨우 깡통을 잘라냈다는 생각이 들어서 그런지 지크의 분노는 가라앉지 않았다.

"지크님."

케롤이 손수건으로 입을 가렸다.

"대체 무슨 짓을……!"

"엉?"

지크는 케롤의 표정을 보고 깜짝 놀랐다.

놀란 것은 케롤도 마찬가지였다.

그의 눈에는 지크가 선신계 천사처럼 생긴 적의 머리를 밟아 으깬 것도 모자라 가슴과 복부에 칼을 대어 훼손하는 사람으로밖에 보이지 않았다.

서로 어리둥절해하는 가운데, 그들 주변에 적들이 속속 나타났다.

숫자는 총 여덟이었다.

무장과 투구의 모양이 제각각이었지만 그 외에는 동일했다.

그들이 넷씩 좌우로 퍼져서 케롤과 지크에게 빠르게 접근했다.

지크와 케롤이 등을 맞대고 섰다.

"넷씩 맡으면 되겠지?"

"그렇지요."

"그런데 아까 날 왜 그렇게 봤어?"

지크가 그렇게 묻자 케롤은 대놓고 혐오스러운 표정을 지었다.

"아무리 선신계 천사가 너저분하게 생겼지만 꼭 그렇게까지 시신을 훼손할 필요는 없잖아요?"

"천사?"

적들이 서서히 접근해 옴에도 불구하고 지크는 케롤을 보며 눈을 부릅떴다.

"천사는 무슨 천사야? 난 분명 갑옷 입은 녀석이랑 싸웠다고!"

"예?"

누군가에게는 유령 기사처럼, 누군가에겐 천사처럼 보였다는 카이리의 말이 둘의 머릿속에 동시에 떠올랐다.

"일단 처치하고 보죠!"

케롤이 안경을 고쳐 쓴 뒤 낫을 제대로 잡았다.

"후딱 처치하고 도와주지!"

둘이 각자 맡은 적들을 향해 각자의 방식으로 재빨리 이동했다.

케롤은 순식간에 검은색의 연기로 변하여 적들에게 접근했다.

케롤은 꽤 체계적인 움직임으로 자신들을 조여드는 상대의 모습에 깜짝 놀랐다.

'집단으로 나타났으니 훈련을 받은 놈들인 건 분명하지만…….'

그는 눈에 보이는 모습부터 다른데 과연 훈련에 의한 움직임을 보인다고 판단해야 할지 의문이 들었다.

그에 앞서 눈에 보이는 자들이 넷이 맞는지도 의심스러웠다.

노란색의 풀이 가득 자란 초원 위에서 케롤이 돌연 솟구쳤다.

"웃훙!"

그는 콧소리를 내며 낫을 움직였다.

선신계 천사들을 상대할 때, 케롤은 보통 그들의 날개를 먼저 베는 것을 즐긴다.

케롤에게 있어서 그들의 날개는 아무짝에도 도움이 안 되는 쓸데없는 기관에 불과했다.

상대의 검에 낫을 걸치고 동작을 바꾼 케롤은 날렵한 몸짓으로 적의 뒤를 잡은 뒤 마음먹고 공격을 했다.

그는 한 명의 날개를 순식간에 자른 뒤 잔혹하게 허리를 끊었다.

천사들의 광혈이 그의 턱시도 위에 진득하게 튀어서 빛을 냈다.

그는 물 흐르듯 곧장 몸을 숙여 자신의 머리를 노린 검을 피했다.

그를 놓친 천사가 검을 반대로 휘둘러 다시 공격하려는 찰나, 케롤은 낫을 왼손에 바꿔 쥔 뒤 검을 막아내고는 몸을 연기로 바꿔 천사의 팔과 다리 사이를 통과했다.

가뿐하게 뒤를 잡은 케롤은 낫의 끝으로 적의 머리부터 등까지를 강하게 긁었다.

광혈의 분수를 떠난 검은색의 연기가 천사들 사이에서 낫을 머금은 채 춤을 췄다.

천사들의 검은 연기를 그냥 지나쳤지만 연기가 쥐고 있는 낫은 그들의 몸을 확실히 잘라냈다.

네 명을 확실하게 처치한 케롤은 본래의 모습으로 돌아와 안경을 고쳐 썼다.

"후훙, 개운해라."

즐거워하던 그의 황색 눈동자가 그 순간 좌우로 심하게 떨렸다.

여덟 명의 선신계 천사가 눈앞에 새로이 나타났기 때문이다.

한편, 지크는 검은 갑옷의 유령 기사들과 격전을 벌이고 있었다.

유령 기사가 휘두른 철구가 그의 머리를 향해 포탄처럼 날아왔다.

칼집을 씌운 도검으로 철구를 막은 지크는 튕겨져 나가는 철구를 손에 쥔 뒤 앞으로 끌어당겼다.

유령 기사가 중심을 잃고 말에서 떨어졌다.

다른 유령 기사들이 동료를 구출하려는 듯 지크에게 각자의 무기를 들고 달려갔다.

지크는 빼앗은 철구를 아무렇게나 집어 던져 한 명의 머리에 맞췄다.

그리고 검과 창을 아슬아슬하게 피한 뒤 맨 처음 쓰러뜨린 상대에게 도약했다.

발로 상대의 흉갑을 짓뭉갠 지크는 칼집에서 칼날을 뽑아 목을 날렸다.

투구만이 땅을 데굴데굴 굴러 몸뚱이와 멀어졌다.

분명 쇠를 자르는 감각을 손에 느꼈던 지크는 왜 케롤과 자신의 눈에 적이 달리 보이는지 궁금했다.

그의 뒤에서 굉음이 터졌다.

투구가 찌그러진 유령 기사가 기마용 돌격창으로 땅을 긁으며 지크에게 달려왔다.

흙더미 뒤에서 눈빛을 부라리는 유령 기사의 모습에서 살기가 넘쳤다.

도검을 두 손으로 쥔 지크가 자세를 낮췄다.

"와봐!"

칼날을 중심으로 회오리바람이 일어났다.

"구풍(究風)의 태도(太刀)! 타아아앗!"

그가 회오리바람의 칼날로 유령 기사에 맞섰다.

회오리바람이 유령 기사의 두툼한 돌격창을 가르고 말의

목을 지나 갑옷까지 잘랐다.

유령 기사의 무기와 상체, 말의 목이 밑과 분리되며 따로따로 날아갔다.

상대를 간단히 조각낸 지크는 넘어지는 말을 피해 물러났다.

그 뒤에서 검을 든 유령 기사가 솟구쳤다.

지크의 두 다리에 전류가 흘렀다.

"느려!"

유령 기사보다 몇 배의 속도로 뛰어올라 말의 머리를 밟은 지크는 머리 위로 도검을 들고 자세를 크게 했다가 주저앉듯이 적을 베었다.

투구와 갑옷이 좌우로 나뉜 유령 기사가 연기를 토해내며 떨어졌다.

나머지 한 명이 말을 달리다 멈칫했다.

전류에 휩싸인 지크의 발이 하늘에 푸른색 직선을 그었다.

"타아앗!"

그의 차기에 맞은 유령 기사의 흉갑이 완전히 주저앉았다.

유령 기사는 찌그러진 채 뒤로 날아가 땅을 구른 뒤 몸속에 흐르던 연푸른색 연기를 한꺼번에 토해냈다.

"좋아, 끝인가?"

일어난 지크는 다리가 풀리는 것을 겨우 참았다.

여덟 명의 유령 기사가 그를 향해 말을 달리고 있었다.

"지크님!"

낫을 품은 검은색 연기가 자신을 부르며 날아오자 지크가 기겁했다.

"으악, 뭐야!"

"저예요!"

연기가 케롤로 변했다.

둘은 다시 등을 맞댔다.

"뭔가 좀 이상하지 않아요?"

"이상해서 토가 나올 것 같다고!"

둘이 가쁜 숨을 내쉬었다.

그 숨소리들이 점차 박자를 맞췄다.

"환각 아닐까?"

"감각이 확실히 있는 걸 보니 환각은 아닌 것 같아요."

"그렇게 생각하는 것 자체가 환각 아니냐고!"

"아, 왜 소리를 지르세요!"

씩씩대며 서로를 마주 본 둘은 다시 각자의 앞으로 시선을 돌렸다.

"튀자."

"튀다니요?"

"일단 도망쳐 보자고!"

지크가 케롤의 손을 잡아당겼다.

억지로 질질 끌려가던 케롤이 황급히 달음질을 한 끝에 그와 겨우 발을 맞췄다.

"이것 놔요! 손까지 허락한 적은 없어요!"

지크는 당장 그를 때려죽이고 싶은 마음을 가까스로 참았다.

케롤의 손을 던지듯 놓은 지크는 뒤를 쳐다봤다.

평원에 서 있는 열여섯 명의 유령 기사들은 그 자리에 가만히 있었다.

"난 머리가 그렇게 좋은 편이 아니거든?"

"악마 앞에서 웬 고해성사죠?"

"좀 들어!"

"흥!"

케롤이 고개를 픽 돌렸다.

"족장님이 불러준 좌표 말이야, 그거 추격대가 전해준 거지?"

"대회의 뉘앙스를 봐서는 그렇겠죠?"

"그럼 그 추격대 녀석들 어디에 있지?"

고개를 돌렸던 케롤이 지크를 다시 봤다.

"아."

둘 사이에 한참 동안 말이 없었다.

"어서 돌아가자고! 루이체가 위험할지도 몰라!"

지크가 하늘로 날아올랐다.

뒤따라 날아오른 케롤이 그의 뒷덜미를 잡고는 속도를 높였다.

비행의 능숙함은 지크보다 케롤이 한참 위였다.

속도도 마찬가지였다.

"어……."

그에게 도움을 받을 줄 몰랐던 지크는 괜히 멋쩍었다.

케롤도 멋쩍어하긴 마찬가지였다.

"흥, 딱히 당신을 돕고 싶어서 이러는 건 아니에요."

고맙다는 말을 하려고 했던 지크는 방금 들은 케롤의 말투가 왠지 짜증나서 입을 다물었다.

* * *

루이체는 눈을 깜박거렸다.

흙바닥이 보였다.

좌우로 서서히 요동치는 것이 속을 뒤집어놓았다.

땅이 움직이는 것이 아니라 충격을 받은 자신의 몸이 혼란스러워하고 있음을 깨달은 그녀는 목뼈를 쪼개는 듯한 통증과 함께 의식을 완전히 회복했다.

'어떻게 된 거지?'

근처에서 싸우는 소리가 들렸다.

루이체는 그곳을 보고 싶었다.

목을 돌리기가 어려워 몸을 돌렸다.

붉은 재킷의 남자가 누군가와 격전을 벌이고 있었다.

그의 상대는 감적색의 두건과 망토로 자신을 감춘 자였다.

시야가 아직 희미해서 자세히 보이지 않았지만 그녀는 붉은 재킷이 지크이고 그가 감적색 복장의 남자와 싸우고 있음을 알아차렸다.

지크가 일으킨 칼바람이 감적색 남자의 망토를 흔들었다.

그의 공격을 가뿐히 피한 남자는 새의 무늬가 새겨진 가면을 쓰고 있었다.

비숍이었다.

"역시 넌 이 정도로군."

가면 속에서 키득거리는 소리가 들렸다.

"너, 대체 누구야! 우릴 공격한 이유가 뭐냐고!"

지크는 소리치며 도검을 휘두르고 발차기를 날렸다.

그의 움직임은 빠르고 경쾌했다.

그러나 비숍은 즐기듯 가뿐가뿐하게 피했다.

“이유? 모르겠나? 네가 카이리 블랙테일보다 약해서야. 상대적으로 약한 놈을 먼저 치는 게 당연하잖아?”

“뭐?”

“물론 저 악마는 좀 예외지.”

비숍은 땅에 엎어져 있는 케롤을 검지로 가리켰다.

“케롤라흐 람 트리비터는 너보다 머리가 잘 돌아갈 뿐만 아니라 보기보다 침착해. 그리고 교신기를 쓰지 않아도 이쪽에 닥친 위험을 얼마든지 남에게 알릴 수 있지. 먼저 칠 이유가 충분했어.”

비숍이 돌려차기를 했다. 그의 발끝에 어두운 불꽃이 일어났다.

그가 노리는 것은 지크의 늑골이었다.

강한 소리가 터졌다.

어설프긴 했지만 지크는 팔을 바짝 굽힌 채 비숍의 돌려차기를 막아냈다.

“허, 막았잖아? 실력이 꽤 늘었는데?”

“뭔데 아는 척이야!”

지크의 몸에 전류가 휘감겼다.

그가 파란 안광을 뿜으며 도검을 휘둘렀다.

그 속도는 여태까지 비숍을 공격할 때보다 약간 더 빨랐다.

지크의 도검, 무명(无冥)과 비숍의 팔 보호대가 주변의 대기를 찢어놓을 정도로 격렬하게 충돌했다.

'보호대로?'

지크는 인상을 찡그렸다.

자신이 다음 행동을 위해 움직이는 속도보다 비숍이 움직이는 속도가 더 빨랐다.

광대뼈와 턱 사이에 비숍의 오른 주먹을 맞은 지크는 다리가 풀려 주저앉았다.

비숍은 그를 때린 손을 망토 위에 툭툭 털었다.

"안심해. 네 동생은 죽지 않을 거야. 저 악마 역시 죽지 않을 거고 말이야."

그가 마침 옆에 놓인 큰 물통에 기대어 앉았다.

"내 특기 중에 하나가 강령술이야. 시체도 살아 있는 존재처럼 꾸며서 조종할 수 있지. 하지만 시체는 어디까지나 시체라서 한계가 있어. 하이엘바인이나 리오, 혹은 조금 뒤에 돌아올지도 모르는 블랙테일 족장의 눈을 속일 수는 없지."

그의 손톱이 길게 늘어났다.

"너만 죽으면 돼. 잠깐 눈감고 있다가 3개월 뒤에 돌아오라고."

손톱을 따라 검은 불꽃들이 올라왔다.

"장난치지 마!"

다시 일어난 지크는 칼을 휘두르려다가 몸을 숙였다.

비숍의 손톱이 그의 머리카락 위를 스쳤다.

그의 팔이 움직인 궤적에 맞춰 검은색의 기운이 부채꼴로 퍼졌다.

비숍의 불꽃은 뜨겁지 않았다. 하지만 맞으면 분명 어떻게 될 것 같다는 두려움이 지크의 목덜미를 강렬히 자극했다.

그 손톱 공격 한 번에 케롤이 누운 것을 기억하고 있는 지크는 본능적으로 주먹을 휘둘러 비숍의 옆구리를 강하게 쳤다.

"허."

비숍이 언짢게 툭 내뱉었다.

주먹은 분명 들어갔지만 정작 비숍이 입은 충격은 그저 그랬다.

때리는 순간 그것을 느낀 지크는 비숍과 거리를 둘 틈을 얻었다는 것에서 만족해야 했다.

'이 녀석, 몸이 어떻게 된 거지? 보기보다 맷집이 좀 있나?'

비숍의 가면에 새겨진 무늬가 빛을 냈다.

"예상했지만 짜증스럽군."

그가 왼손 검지를 까딱여서 지크를 도발했다.

"덤벼봐. 계속 겁을 내면 저 악마랑 네 동생, 둘 다 죽여 버릴 거야. 난 다음 기회를 노리면 되지만 넌 아니잖아?"

지크의 팔뚝과 목에 정맥이 불거졌다.

"지저분한 녀석!"

지크가 바람을 일으키며 돌진해 칼을 휘둘렀다.

손톱으로 그의 칼날을 막은 비숍은 팔을 굽혔다.

그러자 지크의 몸이 번쩍 들렸다.

비숍의 이상한 힘에 이끌려 올라가 버린 지크는 비숍이 연습용 인형을 노려 차듯 자신을 편하게 걷어차는 모습을 보고 경악했다.

'뭐야, 이놈?'

강한 소리, 그리고 검은색의 불꽃이 비숍의 가면 위에서 일렁거렸다.

비숍은 고개를 들어 저 멀리 날아간 지크를 봤다.

지크는 이번에도 팔을 들어 그의 발차기를 막아냈다.

동작은 어설펐으나 비숍에게는 분명 기분 나쁜 상황이었다.

'벌써 두 번째잖아?'

지크가 비숍의 발차기를 어설프게나마 막은 것은 이번이

두 번째였다.

치명적인 결과를 틀림없이 보여줄 것이라 생각하고 있던 비숍에겐 짜증스러운 일이었다.

'이 녀석도 내가 모르는 뭔가가 있나?'

그는 조금 더 진지하게 지크를 상대하기로 했다.

지크가 도검을 바닥에 꽂더니 핏발이 선 두 주먹을 꽉 쥐었다.

글러브 가죽 사이에서 터지는 마찰음이 청량했다.

"계속 해볼까? 응?"

"흥, 점점 건방져지는군."

비숍이 뭔가를 던지듯 오른손을 지크에게 뻗었다.

검은색 화염이 지크의 안면을 향해 날아갔다.

지크는 막을까 하다가 막지 않고 피했다.

그것은 잘한 일이었다.

비숍이 사용하는 불꽃은 진짜 불꽃처럼 뜨거울 수도 있고 얼음보다 차가울 수도 있었다.

칼날바람처럼 날카로울 수도 있고 금속보다 단단할 수도 있었다.

생긴 것만 불꽃일 뿐, 실제로는 변화무쌍하게 조절이 가능한 만능 공격 수단이었다.

'저 녀석의 감이 저렇게 좋았나?'

손톱을 원래대로 되돌린 비숍은 주먹에 불꽃을 담은 채 지크에게 서서히 다가갔다.

"계속 해보자고."

비숍이 지크의 품 안으로 확 뛰어들었다.

그의 움직임을 어설프게 포착한 지크는 무릎을 세워 반격했다.

바람에 보호된 지크의 무릎과 비숍의 팔뚝이 둔탁한 소음을 터뜨리며 격돌했다.

뒤이어 둘의 주먹과 주먹이 충돌했다.

지크는 어쨌거나 속도에 자신이 있었다.

공교롭게도 비숍 역시 마찬가지였다.

지크의 각종 발기술과 주먹기술이 비숍의 발과 주먹에 마구 뒤섞였다.

하얀 바람과 검은색 불꽃 역시 치열하게 부딪혔다.

비숍의 주먹이 지크의 아래턱을 때렸다.

"큭!"

지크는 고개를 위로 든 채 공중으로 붕 떴다.

비숍이 마무리를 위해 도약하여 그를 따라잡았다.

금속장갑을 낀 그의 주먹에 맺히는 불꽃이 그 어느 때보다 어두웠다.

순간 지크가 바람의 힘을 이용해 몸을 반전시켰다.

그는 손날을 모아서 비숍에게 휘둘렀다.

전혀 닿을 거리가 아니었지만 비숍은 옆으로 비켰다.

손날을 따라 만들어진 반월 모양의 진공 칼날이 비숍의 옆으로 지나갔다.

'제기랄!'

나름대로 회심의 공격을 했던 지크와 그럴 줄 알았다는 듯 움직인 비숍 사이의 저울이 어느 한쪽으로 기울려 하고 있었다.

지크의 두 손에서 큰 금속 물체가 나타났다.

가면을 쓴 비숍의 머리가 움찔했다.

'총?'

지크가 오딘의 선물, 간반테인을 꽉 쥐었다.

몸에서 일어난 전류가 팔을 타고 간반테인으로 흡수되었다.

간반테인이 변환해 준 그의 힘은 탄환이 되어 비숍을 노렸다.

탄환이 튀어나가는 순간 비숍이 공중에서 좌우로 움직였다.

전류를 머금은 두 발의 탄환을 손쉽게 피한 비숍은 공중에서 한 번 더 가속하여 지크를 완전히 따라잡았다.

"내가 모르는 무기도 갖고 있잖아? 너, 대체 뭐야?"

비숍이 발차기로 지크를 가격했다.

"크아악!"

머리를 휘어 감듯이 들어온 비숍의 발끝에 뒷목을 확실히 맞은 지크는 간반테인을 놓치며 빙글빙글 돌았다.

"넌 정말 번거로운 놈이었어!"

비숍이 발끝에 맺힌 불꽃으로 지크를 끝장내려는 찰나, 그가 빙글 몸을 틀더니 총을 쏘는 듯한 자세를 잡았다.

아까 간반테인들이 멀리 날아가는 것을 확실히 봤던 비숍은 상대가 허세를 부린다고 생각했다.

비숍의 가면에 간반테인의 끝이 닿았다.

"윽?"

탄환이 비숍의 가면 한가운데에 박혔다.

사지를 쭉 편 비숍이 얼굴에서 연기를 뿜으며 땅으로 떨어졌다.

간반테인은 오딘이 지크에게 줄 때 그의 몸에 '등록' 되어 있었다.

행여나 주인이 놓친다 하더라도 마음만 먹으면 얼마든지 주인의 손에 이동하여 작동하게끔 되어 있는 것이 간반테인의 특징이었다.

비숍이 추락하고 지크가 착지했다.

오딘에게 받은 무기가 설마 여기서 제 기능을 다 할 줄 몰랐던 지크는 턱과 뒷목이 쪼개지는 게 아닐까 싶을 정도로 아팠지만 꾹 참고 비숍에게 다가갔다.

그는 오른손의 간반테인을 집어넣은 뒤 무명도를 다시 쥐었다.

"나와 내 동생을 어쩌겠다고? 새로 뚫어준 구멍이 있으니 그걸로 말해봐!"

"쯧."

비숍이 스르륵 일어났다.

흠칫 놀란 지크는 걸음을 멈췄다.

비숍은 간반테인의 에너지 탄환이 닿은 가면의 한가운데를 손등으로 닦았다.

"내 몸에서 가장 단단한 부분이 이 가면이야. 차라리 다른 곳을 노렸으면 괜찮았을 텐데 말이지."

가면을 쓱싹쓱싹 닦은 그는 엄지 끝으로 마무리했다.

탄환을 맞은 흔적과 연기 모두 사라졌다.

"그 무기, 에너지 변환 방식을 보니 아스가르드의 물건이로군. 누구에게 받았지?"

지크는 대답 대신 간반테인을 난사했다.

잔상을 일으키며 접근하여 탄환을 완전히 피한 비숍은 마지막으로 손등으로 탄환을 쳐 날린 후 주먹으로 지크의 복부를 올려쳤다.

맞기 직전에 몸을 띄워 충격을 최소화한 지크는 다시 간반테인을 사용했다.

탄을 계속 날리면서 무명도를 고쳐 잡은 그는 준비가 끝나자마자 비숍에게 뛰었다.

탄환을 피하던 비숍의 옆으로 그의 목을 노리고 무명도를 휘두르는 지크가 나타났다.

이번에는 비숍도 깜짝 놀랄 만큼의 속도였다.

'속도까지 빨라졌잖아?'

칼을 피한 비숍은 높은 발차기로 지크를 쳐내려 했다.

칼자루 끝으로 비숍의 발차기를 걷어낸 지크는 공중에 뜬 채 비숍의 가슴과 머리를 수차례 가격했다.

뒤이어 착지하자마자 몸을 돌리며 긴 발차기를 내밀었다.

그 공격이 비숍의 가슴 한가운데에 정확히 박혔다.

"크윽!"

비숍의 두 손에 어두운 불꽃이 휘감겼다.

"질긴 녀석!"

비숍의 양손 손톱이 길게 늘어났다.

손에 휘감긴 불꽃이 손톱을 타고 올라갔다.

손톱이 무명도를 때렸다.

동작 도중에 공격을 당한 지크는 크게 휘청거렸다.

'힘이……!'

비숍의 완력은 지크의 입장에서 봤을 때 무시할 수 있는 수준이 아니었다.

"네놈 따위가 나를 진지하게 만들 셈이냐!"

고함을 지른 비숍이 손톱으로 지크를 후려쳤다.

이번에는 손톱뿐만 아니라 커다란 충격파까지 섞어서 지크의 목숨을 노렸다.

무명도로 손톱을 막아낸 지크는 간반테인을 비숍에게 난사했다.

아까 전과 상황이 달랐다.

탄환이 비숍의 가면뿐만 아니라 로브에 닿았는데도 모조리 튕겨 나갔다.

비숍은 손톱과 충격파를 다시 준비했다.

"죽어라!"

공격 속도가 처음과는 완전히 다른 차원이었다.

가까스로 그 속도를 인식한 지크가 무명도로 손톱을 막아냈다.

손톱 자체는 막아냈지만 손톱이 불러일으킨 충격파까지는 막아내지 못했다.

그의 재킷과 그 안에 입은 하얀 티셔츠에 네 줄의 긴 상처가 났다.

지크에겐 비명을 지를 틈도 없었다.

비숍은 처음과는 정말 다른 존재처럼 공격을 해오고 있었다.

비숍과 그 뒤의 배경 사이에 이질적인 울렁거림이 일어났다.

비숍의 양쪽 손톱이 교묘한 각도로 움직였다.

시간차 공격이었다.

이대로는 죽는다.

그 위기감이 지크의 집중력을 대폭 증가시켰다.

한쪽당 네 줄, 총 여덟 줄의 충격파와 불꽃이 지크의 몸에 복합적으로 떨어지며 그의 피를 짜냈다.

"아아아아악!"

온몸이 넝마가 된 지크는 피를 뿌리며 멀리 날아가 수인들이 임시로 사용하고 있는 천막 무리에 떨어졌다.

수인들은 싸움이 시작된 순간부터 대피한 터라 무고한 희생은 발생하지 않았다.

비숍의 손톱에 돌던 불꽃이 차츰 사그라졌다.

"이 녀석……!"

비숍의 가면 무늬가 맹렬하게 발광했다.

그의 왼쪽 어깨에서 연기가 나고 있었다.

비숍의 공격이 적중하기 직전에 지크가 쏜 탄환의 자국이었다.

그 결과 무슨 일이 일어났는지는 지크가 직접 증명해 주었다.

"여어, 또 안 죽어서 어쩌지?"

지크의 상처가 급속도로 회복되었다.

"이건 정말 쓰기 싫었는데, 네가 우리를 그렇게 노리고 나온다면 어쩔 수 없지!"

고함을 지른 지크의 힘이 폭발했다.

그의 몸에서 흘러나오는 바람이 검게 물들었다.

바람뿐만이 아니었다.

옷을 포함한 그의 몸 전체가 새카맣게 변색되었다.

"끝까지 가는 거야!"

몸을 휘감은 어둠 속에서 번쩍 뜨인 그의 눈은 붉은빛을 내고 있었다.

비숍의 가면 무늬가 다시 붉게 빛났다.

"호오."

그가 가볍게 감탄했다.

지크의 이마에서 피분수가 길게 터졌다.

피는 바람에 날려 어디에 묻을 틈도 없이 사라졌다.

이마에 나타난 것은 옆으로 길게 찢어진 한 쌍의 빛이었다.

지크의 눈에서 흘러나오는 빛과 그 빛의 색감이 비슷했다.

이마의 빛들이 번쩍 뜨였다.

그 모습이 마치 두 개의 눈을 더 뜬 것 같았다.

'네 개의 눈. 지옥의 눈이라고도 하지.'

비숍은 쓴맛을 다셨다.

'디아블로가 아직 주신계에 묶여 있으니 이걸 볼 일이 없을 거라 생각했는데, 단독으로 사용이 가능했군. 방심했어. 뭐, 어떻게든 되겠지만.'

비숍의 두 팔에서 다시 어두운 색의 불길이 솟구쳐 올라왔다.

준비하는 그의 머리 위에서 칠흑의 돌풍이 일어났다.

자세를 숙이고 고속으로 이동하여 공격을 피한 비숍은 자신을 추격하는 충격파를 손톱으로 간단히 쳐냈다.

그는 곧바로 이어질 공격에 대비하여 지크의 모습을 찾았으나 보이지 않았다.

'어라, 어디야?'

당황한 비숍의 안면에 어느새 눈앞에 나타난 지크의 주먹이 꽂혔다.

검은 폭풍에 휘감긴 그 주먹은 기본적이면서 가장 강력한 공격 수단이었다.

잠깐 몸이 젖혀진 비숍이 곧바로 중심을 회복하여 지크에 맞섰다.

지크가 움직일 때마다 공기의 벽이 무너졌다.

그 충격이 들어오는 곳에 운없이 위치하고 있던 가건물과 천막이 태풍에 맞은 듯 날아갔다.

기이한 것은 비숍이었다.

그는 지크와 똑같은 속도를 내고 있었지만 공기의 저항은 전혀 받지 않았다.

비숍에게 주먹과 발차기가 기습 폭우처럼 쏟아졌다.

요란한 소리가 한차례 이어진 후 지크가 사용하는 네 개의 눈이 당혹감으로 빛났다.

'뭐야?'

비숍은 지크와 주먹을 맞대고 있었다.

그뿐만 아니라 그 상태로 밀어내고 있었다.

지크는 그가 자신의 모든 공격을 그런 식으로 받아쳤다는 사실을 가장 확실히 느꼈으면서도 믿을 수 없었다.

"이제 알았겠지?"

비숍이 지크의 손을 쳐내고 그의 얼굴을 붙잡았다.

"넌 딱 이 수준의 장난감인 거야."

그의 손에서 검은 불꽃이 일어났다.

"이렇게 곱게 죽여주는 것을 고맙게 여기라고."

"큭! 크아아아악!"

지크가 발로 비숍의 가슴을 걷어차며 그의 손에서 빠져나갔다.

비틀대며 착지한 검은색의 지크는 분노와 막막함에 전신을 부르르 떨었다.

"이대로 끝날까 보냐!"

하이톤의 괴성을 지른 지크의 등판에서 세 개의 검은색 불꽃이 솟았다.

지크의 키보다 두 배 이상의 길이로 뻗어 나온 그 불꽃들은 지크의 양어깨와 허리 방향으로 이동하여 다시 자리를 잡았다.

마치 한 쌍의 날개와 긴 꼬리처럼 보였다.

비숍은 코웃음을 쳤다.

'발악을 하는군.'

변형은 계속되었다.

지크의 몸을 검게 만들어주고 있는 것들의 형태가 바뀌었다.

검은색의 미끈한 바람에 불과했던 것이 억지로 부러진 나무의 단면처럼 투박해졌다.

그렇게 하여 완성된 지크의 모습은 아직도 의식을 회복하지 못하고 있는 케롤보다 더 악마처럼 보였다.

"우오오오오!"

하늘을 보며 포효한 지크가 사라졌다.

다시 나타났을 때, 지크는 비숍에게 오른 주먹을 뻗고 있었다.

그 주먹을 손에 쥔 비숍의 가면 무늬가 새빨갛게 달아올랐다.

"한 번 더 놀아주지."

둘은 이후 수없이 나타났다 사라지는 것을 반복했다.

지크의 공격이 정확히 적중하는 경우도 있었지만 시간이 갈수록 그런 모습은 사라졌다.

오로지 얻어맞는 지크의 모습만이 세상에 존재했다.

"으아악!"

비명을 지르며 튕겨 나간 지크는 검은색 불길에 휩싸여 있었다.

그는 이번에도 천막 등을 부수며 루이체와 케롤이 있는 곳까지 굴러왔다.

그의 형상, 그의 눈 등이 원래대로 돌아왔다.

쓰러진 채로 그 모든 모습을 지켜본 루이체는 맞아서 엉망이 된 지크의 얼굴을 보자마자 입술을 떨었다.

그의 옆에 비숍이 나타났다.

"시간을 잡아먹었군."

비숍은 지크의 뒷목을 잡고 들어 올렸다.

"또 정신 차리진 않겠지? 응?"

그가 지크를 좌우로 흔들었다.

반응은 없었다.

움직이는 것은 신발 밑에 고여 있다가 그 흔들림에 맞춰 여기저기 떨어지는 핏물뿐이었다.

"흠, 이제 좀 귀엽게 보이는군."

비숍의 손톱이 길어졌다.

여태까지 그가 지크와 싸우며 만들어낸 그 어떤 불꽃보다도 검고 강렬한 불꽃이 손톱 위로 끓어올랐다.

"안 아프게 죽여주마."

"그만해!"

루이체가 울부짖었다.

"쯧."

비숍이 그녀를 돌아봤다.

그의 목이 괴이하게 뒤틀렸다.

비숍의 턱과 목 사이에 지크의 발끝이 박혀 있었다.

그 충격으로 인해 비숍은 목뼈가 부러진 사람처럼 목이 꺾여 비틀거렸다.

그의 손에서 벗어난 지크는 그리 멀지 않은 곳에 꽂혀 있는 무명도를 향해 손을 내밀었다.

뼈에 문제가 있는지 어깨가 떨리고 관절 사이에서 우둑우둑 소리가 났다.

'움직여라, 좀! 이런 꼴로 죽어 쓰러지는 건 멋없단 말이야!'

뒤로 주춤거리던 비숍이 자신의 목을 잡고 비틀었다.

본래의 모습을 되찾은 비숍은 가면의 새 무늬를 붉게 빛내면서 지크에게 걸어갔다.

"좋아. 그냥 죽이지 않을게. 네놈도 네 형제들처럼 만들어 주겠어."

무명도를 뽑기 위해 없는 힘을 짜내던 지크가 순간 움찔했다.

루이체가 흠칫하여 비숍을 봤다.

"너……?"

"뭘 그리 놀라지?"

비숍이 어깨를 으쓱했다.

"리오 스나이퍼가 리오가 됐듯이, 너도 그냥 지크가 되는 거야. 너를 아는 녀석들은 이제 기억 조작을 받고 너를 그냥 지크라고 부르겠지."

그가 오른손을 로브 속에 넣었다.

다시 나온 그의 손에는 검은색의 빛이 은은히 맴도는 장검 한 자루가 쥐어져 있었다.

"마지막으로 할 말 있으면 해봐. 난 마음이 약해서 그럴 기회 정도는 주거든."

"너!"

지크가 일어났다.

무사한 구석이 없을 정도로 당한 그를 일으켜 주는 것은 남의 눈과 귀를 피해 오랫동안 감추고 있던 깊고 깊은 분노였다.

"네가, 네가……!"

"뭐가?"

비숍의 가면 무늬가 다시 빛났다.

"딱히 흥분할 일도 아니라는 건 잘 알 텐데?"

그가 지크에게 다가갔다.

"이제 죽을 수 있도록 도와주지."

검을 드는 비숍의 모습이 지크의 눈앞에서 사라졌다.

"어……?"

뒤이어 강력한 폭풍이 지크와 루이체를 괴롭혔다.

힘이 빠질 대로 빠진 지크는 주저앉았고 루이체는 눈을 꽉 감은 채 있는 힘껏 버텼다.

커다란 날개의 그림자가 땅에 맺혔다.

그 그림자는 점점 커지더니 날개의 주인이 땅을 디뎠을 때 절정에 이르렀다.

"휴, 겨우 맞췄군."

활을 든 그녀, 카이리는 지크 일행을 봤다.

"다들 괜찮나? 무사해?"

지크와 루이체는 말이 없었다.

그들에게서 아주 깊은 슬픔을 느낀 카이리는 더 이상의 질문 없이 날개를 거두고 자신의 적을 돌아봤다.

"네놈, 누구지? 처음 보는 얼굴인데?"

"흠."

땅에 누워 있던 비숍이 일어났다.

그는 손에 쥐고 있는 화살을 옆으로 버렸다.

"과연 카이리 블랙테일. 화살을 받아내는 것조차 이렇게 벅차군."

비숍이 키득거렸다.

"어쩔까나?"

그는 들고 있던 검을 로브 안에 넣은 뒤 맨손으로 돌아왔다.

"꽤 재미있는 복장이군. 가면도 그렇고."

활을 옆으로 던진 카이리는 짧은 검 두 개를 뽑아 손에 쥐었다.

"허상으로 내 주둔지를 공격한 것이 네놈인가?"

"그렇지."

비숍이 고개를 끄덕였다.

"그래도 허상이라는 사실을 알아내다니, 역시 대단해. 저기 쓰러진 놈들은 허상인지 뭔지 모르고 열심히 허공에 칼질을 했거든. 어때, 실감났나?"

"흠."

카이리는 자신의 팔뚝 정도 길이의 검을 손안에서 자유로이 갖고 놀았다.

"주둔지가 밝혀진 것도 화가 나는 일인데 내 이름까지 알다니, 보통 놈은 아닌 것 같군. 넌 필히 생포해 주지."

"후후, 무서워라."

비숍의 손톱이 길게 늘어났다.

카이리가 가장 능숙하게 사용할 수 있는 무기는 활이었다.

그러나 그녀는 비숍이 자신의 화살을 잡아낸 점과 자신을 보자마자 검 대신 맨손을 준비한 점에서 짧은 검을 쓰기로 결정했다.

활이 좀 두드러질 뿐, 그녀는 날이 붙은 대부분의 무기를 용족 최고 수준으로 다룰 수 있는 전문가였다.

카이리가 비숍과의 거리를 좁혔다.

비숍은 다음에 이어질 것으로 예상되는 상대의 공격을 막을까 하다가 자세를 조금 풀었다.

그는 상대가 자신보다 객관적으로 강력한 것은 알고 있었지만 실제로 얼마나 강한지는 전혀 모르고 있었다.

그것을 확인하기 위해서 그는 방어를 일부러 느슨하게 했다.

카이리의 검이 어느새 그의 로브를 어깻죽지부터 자르고 있었다.

"어라라!"

비숍이 상상했던 속도 이상의 빠르기로 접근한 그녀는 공격의 고삐를 늦추지 않았다.

비숍의 머리 위로 카이리의 검이 지나갔다.

확실히 피했지만 비숍은 머리가 울릴 정도의 충격을 받았다.

용족인 것이, 그리고 여성인 것이 믿어지지 않을 만큼 압도적인 힘이었다.

'가면도 한 방에 깨지겠군.'

뒤로 몇 걸음 물러난 비숍은 불꽃이 일어난 손톱으로 반격을 개시했다.

만능의 공격 수단인 불꽃, 그리고 충격파가 모두 섞인 그의 손톱은 보기만 부담스러운 무기가 아니었다.

비숍은 손톱의 불꽃이 꺼질 때까지 쉬지 않고 계속해서 움직였다.

카이리가 밟고 있는 땅을 비숍의 충격파들이 무수히 휩쓸고 지나갔다.

하지만 카이리는 아주 간단한 움직임으로 그 공격을 피했다.

'도망치고 싶어지는군.'

비숍의 가면 앞을 카이리의 검이 스쳤다.

카이리 자신의 팔보다 약간 짧은 그 검은 근접전을 위한 대부분의 기술을 소화할 수 있도록 특별히 제작된 무기였다.

그렇다 해도 그녀만을 위한 명검은 아니었다. 주둔지의 군수품 보관 창고에 수백 자루 쌓여 있는 서룡족 표준 무기였다.

검에 실린 카이리의 탄력과 힘, 그리고 기술은 복잡함없는 필살의 기술이었다.

카이리에게 머리가 날아갈 뻔한 비숍은 넘어질 듯 뒤로 비틀거렸다.

카이리는 그에게 공격을 할까 하다가 일단 참고 자신도 물러났다.

"야아, 안 속네?"

"연기 연습을 더 하시지?"

"후후."

감탄하며 자세를 바로 한 비숍은 아까보다 더 빠른 속도로 손톱을 움직였다.

카이리가 입고 있는 가죽 전투복 곳곳이 베였다.

하지만 제대로 맞는 경우는 없었다.

더불어 그녀는 그 아슬아슬한 공격을 맞으면서 역공을 했다.

비숍에게는 공격하는 것조차 역부족이었다.

몇 번이나 죽을 고비를 넘긴 비숍의 가면 속에서 웃음이 터졌다.

"훌륭하군! 휀 라디언트와 싸울 때도 이 정도는 아니었어!"

카이리는 아무 말도 하지 않고 오로지 상대를 공격할 뿐이었다.

사실 그녀도 힘들기는 마찬가지였다.

지금처럼 집중해야 하는 상대를 만난 것은 그녀의 입장에서 약 7,000년 만이었다.

'이 녀석, 정말 능숙하군. 무엇보다 속을 알 수 없어.'

그녀는 불쾌했다.

'어찌 됐든 손해 될 게 없다는 태도가 아닌가?'

비숍이 몸 전체를 돌리며 손톱을 휘둘렀다.

충격파와 손톱을 모두 피한 카이리는 비숍이 팔을 움츠릴

틈을 주지 않고 먼저 팔을 뻗어 그를 붙잡았다.

"윽?"

관절 기술로 그의 팔을 엮어 뒤로 젖힌 카이리는 비숍이 반대편 팔을 움직이려 하자 어깨 위에 다리를 올리면서 그마저도 봉쇄했다.

비숍이 땅에 쓰러졌다.

카이리는 마지막으로 그의 목을 조여 비틀었다.

"너, 나를 어떻게 알지? 블랙테일의 주둔지는 어떻게 알았나?"

"내가 호기심이 좀 많은 성격이거든."

카이리가 팔을 움직이자 비숍의 목에서 소리가 났다.

"조직인가? 아니면 개인인가?"

"처음 만난 자리에서 깊은 걸 물어보는군."

비숍의 몸이 갑자기 사라졌다.

흠칫 놀란 카이리는 일어나자마자 어느 한 지점을 향해 검을 찔렀다.

무쇠가 꺾이는 듯한 소리와 함께 비숍의 손톱 중 하나가 날아갔다.

"허어."

비숍이 감탄하며 슬슬 물러났다.

"내가 어디서 나타나는지 어떻게 알았지? 놀라운데?"

"여태까지 공격하기 불편한 자리에서 나타나는 바보는 없었거든."

"과연, 나잇값을 하는군."

비숍의 손톱이 다시 자라났다.

비숍은 생각했다.

'슬슬 빠져야 할 타이밍이군. 시간을 너무 끌었어.'

아까부터 비숍의 움직임을 살피던 카이리는 그가 도망치려 한다는 느낌을 받았다.

자세가 공격을 위한 것도, 방어를 위한 것도 아닌 어정쩡함 그 자체였다.

'몰아붙여야겠군.'

카이리의 몸에서 검은색 연기가 피어올랐다.

비숍이 움찔했다.

'여력이 남아 있었다고?'

카이리의 무릎이 비숍의 왼쪽 가슴에 꽂혔다.

큰 북이 울리는 소리가 비숍의 몸에서 터졌다.

"커헉!"

그 신음은 비숍의 진심이었다.

굉장한 타격을 입고 중심을 잃은 비숍의 머리를 향해 검을 거꾸로 잡은 카이리가 떨어졌다.

검은색 연기를 휘감은 카이리의 두 눈은 이대로 결판을 짓겠다는 의지를 드러내듯 파랗게 빛나고 있었다.

비숍이 그녀를 향해 뭔가 뿌리는 시늉을 했다.

대량의 검은색 화염이 그녀에게 뿌려졌다. 카이리는 기회를 놓칠세라 검으로 그 화염을 돌파하려 했다.

하지만 그 불꽃은 카이리의 예상 이상으로 강력했다.

검 두 자루의 칼날이 부러지자마자 카이리는 허공을 밟으며 그곳을 빠져나갔다.

"후우."

겨우 숨을 돌린 비숍은 아까 부러진 것과 똑같은 검을 뽑아 들며 자신에게 다가오는 카이리의 모습에 속이 아찔했다.

'아, 정말 잘못 걸렸군. 휀 라디언트 이상으로 짜증나는 상대야!'

카이리는 여전히 여유가 있었다.

그녀가 빠른 동작으로 비숍을 괴롭혔다.

빠르기에 자신있었던 비숍이었지만 지크와의 싸움을 끝내자마자 카이리와 맞서 싸우는 것은 힘에 부쳤다.

무엇보다 그녀가 낼 수 있는 힘의 밑바닥을 알지 못한다는 것이 그 피로의 요인이었다.

'어떻게 도망가야 할까?'

비숍으로서는 여간 힘든 것이 아니었다.

카이리의 발차기가 비숍의 머리와 목을 휘감듯이 덮쳤다.

아까 무릎차기를 맞았을 때와 달리 대비를 했던 터라 충격은 좀 있었지만 치명적이진 않았다.

자세를 곧바로 회복한 비숍은 양손의 손톱으로 큼지막한 충격파 두 개를 날려 카이리의 다음 동작을 막았다.

'이쪽으로 가볼까?'

카이리는 비숍이 자신의 왼쪽으로 이동하는 모습을 가만히 바라봤다.

'머리가 좋군.'

검은색 가죽옷으로 억압된 카이리의 갈색 몸이 비숍을 쫓아 움직였다.

비숍의 가면 무늬가 빛났다.

'역시, 느낌대로군.'

그때부터 비숍은 카이리의 왼쪽을 철저히 공략했다.

비숍이 공중에서 몸을 틀더니 왼쪽 무릎을 세워 카이리의 관자놀이를 노렸다.

상대가 숙여 피하자 비숍은 무리를 해서라도 카이리의 왼쪽을 다시 공격했다.

카이리는 몸을 돌렸고 비숍은 그를 따라갔다.

카이리가 움직이면 비숍이 쫓아갔다.

그러면서 카이리 쪽으로 일방적으로 기울 것 같던 대결의 양상이 달라졌다.

비숍이 두 팔을 크게 저었다.

자신의 오른쪽으로 들어오는 손톱은 가볍게 피한 카이리였지만 왼쪽으로 들어오는 손톱만은 달랐다.

그녀가 검으로 비숍의 손톱을 막았다.

회심의 미소를 짓듯, 비숍의 가면 무늬가 노골적으로 빛났다.

"헤에, 극단적인 오른손잡이였군. 시력도 좀 다른가?"

비숍이 작정하고 손톱을 휘둘렀다.

카이리는 걸음만을 옮겨 비숍의 공격을 모두 피했다.

"그래서?"

"후후. 실례."

카이리는 비숍을 달리 봤다.

'지능적인 녀석이군. 얕봐선 안 되겠어.'

그녀는 비숍의 생사 여부에 관계없이 공격하기로 마음먹었다.

다음 순간 비숍의 감각에 어떤 강렬함이 느껴졌다.

그것은 형태도, 방향도 알 수 없는 불길함이었다.

'막아? 피해?'

결정한 것은 비숍의 의식이 아니라 본능이었다.

쓰러지다시피 하여 자세를 낮춘 비숍의 몸뚱이 위로 검은 색의 광선이 지나갔다.

그 광선은 카이리의 오른손에서 세차게 뿜어져 나오고 있었다.

블랙 드래곤 부족의 숨결 공격인 그림자 숨결이었다.

그녀는 그것을 드래곤의 형태가 아닌 상황에서도 완벽히 사용할 수 있었다.

현재 공식적으로 인간의 모습에서 숨결 공격을 사용하는 존재는 용제뿐이었다.

그리고 비공식적인 부분까지 집계하면 그녀 한 명이 더해진다.

비숍을 맞추지 못하고 저 멀리 날아간 그림자 숨결은 산꼭대기를 살짝 스쳤다.

가까스로 숨결 공격을 피한 비숍은 얼른 일어나 카이리로부터 멀찌감치 물러섰다.

카이리는 다시 무기로 싸울 자세를 잡으며 씩 웃었다.

"얄밉게 피하는군."

"흠, 이쪽은 죽을 뻔했다고."

비숍이 오른손을 로브 안에 넣었다.

카이리는 그가 아까 지크를 치려 했던 검을 뽑으려는 게 아닐까 했지만 정작 나온 것은 회중시계였다.

"무슨 의도지?"

"몰라도 돼."

비숍은 회중시계의 버튼을 엄지로 어루만졌다.

"이렇게 도망칠 기회를 주다니, 너무 고맙군. 후후, 그럼 나에 대한 걸 잊어버리라고."

그가 버튼을 누르기 직전이었다.

"블랙테일 족장!"

목소리를 들은 비숍이 황급히 뒤를 돌아봤다.

하이엘바인이 아리스톤 창을 뽑아 들며 자신에게 달려오고 있었다.

그리고 그 뒤에는 디바이너를 든 리오가 보였다.

'빌어먹을!'

카이리는 비숍을 잡기 위해 전속력으로 다가오고 있었다.

비숍으로서는 진퇴양난의 순간이었다.

"에잇, 제기랄!"

비숍이 버튼을 눌렀다.

비숍을 노리고 뛰어가던 하이엘바인의 다리가 서서히 느려졌다.

그녀는 비숍과 마주 선 채 주변을 넋 놓고 바라봤다.

그녀와 비숍을 제외한 세상 전체가 거꾸로 돌아가고 있었다.

"시간이……?"

"후후, 역시 하이엘바인이로군. 소름이 끼칠 정도야."

시공간의 역전 속에서 비숍의 가면 무늬가 은은하게 빛났다.

"역시 넌 우리의 적이야. 하지만 당분간 만나지 말자고, 하이엘바인."

"아, 멈춰라!"

비숍의 모습이 역전되는 시공간의 사이로 사라졌다.

시공간 역전이 끝났다.

"어라? 언제 거기 계셨어요?"

지크의 목소리를 들은 하이엘바인은 그쪽을 돌아봤다.

카이리, 지크, 케롤이 모닥불에 둘러앉아 빵과 수프를 먹고 있었다.

하이엘바인의 창이 땅에 떨어졌다.

『가즈 나이트 R』 8권에 계속…

FUSION FANTASTIC STORY

서산화 장편소설

Miracle Direction 기적의 연출

천재 영화감독, 스크린 속 세상을 창조하다!

『기적의 연출』

대문호 신명일과 미모로 손꼽히던 여배우 김희수의 아들 신지호.
일가족은 불운한 사고로 인해 크나큰 비극을 겪는다.
이 사고로 섬광 기억(Flashbulb memory)이라는 능력을 얻게 된 그 순간!
그의 모든 게 달라졌다.

"배우의 혼을 이끌어내고, 관중의 영혼을 붙잡아야 합니다.
그게 제 목표입니다."

완전한 감독을 꿈꾸는 신지호.
이제 그의 영화가, 세상을 홀린다!

Book Publishing CHUNGEORAM

유행이 아닌 자유추구 - WWW.chungeoram.com